Si tu crois un jour que tu m'aimes

Charlie Wat

Si tu crois un jour que tu m'aimes

Du même auteur :

Une histoire d'amour sans caribou (2017)
L'amour à nu (2016)

Paru chez City Éditions :

Il était encore une fois (2018)

Correction et mise en pages : claudie.libersa.edition@gmail.com

ISBN : 978-1-9829131-5-1

« Mais si tu crois un jour que tu m'aimes
Ne crois pas que tes souvenirs me gênent
Et cours, cours jusqu'à perdre haleine
Viens me retrouver. »

Extrait de la chanson *Message Personnel*, Françoise Hardy/Michel Berger

– 1 –

Maintenant.

Réveil difficile. J'ai autant envie d'émerger que de m'ébouillanter. J'ai dû dormir au moins trois siècles. Alors d'où me vient cette impression d'avoir tant de sommeil en retard ?

Le soleil caresse la peau de mon visage ; je n'ai pas besoin d'ouvrir les yeux pour savoir qu'il est aveuglant et qu'il ne va pas arranger la migraine qui pilonne la partie droite de mon crâne.

Raison de plus pour rester dans mon lit, les yeux fermés, la joue offerte aux rayons chauds et le bras étendu sous ma tête.

Satanée lumière, ça m'apprendra à ne pas fermer les volets avant de me coucher.

J'ai trop bu hier soir. D'ailleurs, j'ai beau me concentrer, impossible de me souvenir comment je suis rentrée chez moi. Encore un de ces fameux trous noirs dont je suis coutumière, cette absence brumeuse de souvenirs qui vous donne l'illusion de l'aventure et vous laisse un goût âcre de suspicion dans la gorge. Ce genre d'amnésie poisseuse qui vous fait vous demander pendant des années ce que vous avez fabriqué, et qui vous fait redouter l'apparition de photos compromettantes.

Bref, un lendemain de cuite comme un autre… Ce n'est pas le premier, ce ne sera sûrement pas le dernier, dégagez, y a rien à voir.

Quand même, cette douleur lancinante dans la tête, et cette langue pâteuse au fond de ma bouche sont tellement désagréables… elles me font hésiter entre m'enfoncer dans mon oreiller et me propulser sur mes jambes pour tenter de trouver un ibuprofène 10 000, un minimum au vu de l'intensité de mon problème.

Comme je ne parviens pas à me décider, je garde les yeux fermés. Pas d'efforts inutiles ni de décisions hâtives, ça pourrait m'achever.

Je grelotte, les rayons du soleil ne me sont d'aucune utilité. Je soulève la tête avec difficulté, étire mon bras, le ramène le long de mon corps, cherche à tâtons le coin de la couette sans le trouver. Elle a dû tomber. Le courage me manque pour la ramasser. Tant pis, ça attendra.

Maudit soleil, maudite couette mal bordée, maudit encéphale, maudite biture, maudit lit.

J'ai tellement la nausée que j'ai l'impression que mon matelas tangue. Et cet oreiller, il est si froid et si désagréable, j'espère au moins que je n'ai pas vomi dessus. Il ne manquerait plus que ça, de quoi j'aurais l'air ? Bonjour, je m'appelle Manon, ou Myrtille pour les intimes, j'ai bientôt 30 ans et j'ai du vomi dans les cheveux.

Pathétique.

Il faut absolument que je fasse le point sur l'étendue des dégâts.

J'ouvre un œil, un seul, ça devrait suffire. Dans mon état, s'économiser est une nécessité, un ordre intimé par mon instinct de conservation. Mais la luminosité est si éclatante qu'elle brûle ma rétine. Résultat, je referme ma paupière illico – le bilan attendra – et j'abandonne mon épiderme aux rayons du soleil langoureux.

Je me rendors.

Enfin, je crois.

Soudain, un bruit énorme. Un rêve ?

Puis le même bruit, encore. Long. Furieux. Agressif. Limite effrayant.

Pourtant, ce bruit a quelque chose de familier, quoique plus doux d'ordinaire, ou plus lointain. D'ordinaire, il est assourdi par mon double-vitrage. Une invitation au départ, une mélodie mélancolique et pleine de promesses. Presque une poésie. D'ordinaire, je ne vibre pas avec lui, il ne résonne pas à l'intérieur de mon ventre. D'ordinaire…

Le chant d'une corne de brume ???

Mon Dieu…

Mes yeux s'ouvrent d'un seul coup. Je me soulève, haletante, inquiète, le cœur dans l'estomac. Je regarde autour de moi et constate avec effroi que je ne suis pas dans ma chambre mais enfermée dans une sorte de longue cabine, une immense boîte, blanche sous mes pieds, orange au plafond. Ce que je prenais pour un oreiller souillé est en réalité un gilet de sauvetage flambant neuf.

Une bouffée d'angoisse m'envahit. Je me découvre claustrophobe.

Je me précipite à la fenêtre. Mon champ de vision est assez limité mais ce que je vois m'assomme : de l'eau sous mes jambes flageolantes, la cabine qui me porte, comme suspendue au-dessus des flots.

À nouveau, la complainte d'une corne de brume.

Manon, pas d'affolement, reprends-toi, réfléchis deux secondes, la peur est mauvaise conseillère, il y a forcément une raison à ta présence ici. Tu connais ce lieu. Pose-toi les bonnes questions, à quoi ça ressemble ?

Ça y est, j'y suis. J'ai toujours habité près du port de Saint-Nazaire, à deux pas des chantiers de construction où ma mère est soudeuse. Alors, forcément, le lieu ne m'est pas inconnu : je suis dans un canot de sauvetage, de ces installations dernière génération qui ornent les flancs des bateaux de croisière. Ma mère, d'ailleurs, ne tarit pas d'éloge à leur propos : « Tu vois Myrtille, déclare-t-elle dès qu'elle en a l'opportunité, ils sont faits pour ne pas se retourner en cas de chute dans l'eau. Si besoin, ces canots remonteraient comme des bouchons en liège et se maintiendraient à flot. Ils arrivent à fabriquer de sacrés trucs… Heureusement qu'ils sont fiables, vu l'allure qu'ils ont… »

Merci, Maman.

Pour l'heure, ce n'est pas leur apparence qui m'inquiète, mais le fait que celui où j'ai atterri Dieu sait comment paraît être en mouvement au-dessus de la mer.

J'avise une porte, l'ouvre d'un coup sec et me retrouve dans un long couloir vide au bout duquel se trouve un escalier. Je m'élance, grimpe les marches quatre à quatre. La panique envahit mon plexus quand je parviens devant une nouvelle porte, bien plus massive que la précédente. Je lutte avec mes épaules, m'acharne sur la poignée, parviens à l'abaisser au prix d'un effort considérable rendu plus compliqué encore par mes jambes qui ne me soutiennent qu'à moitié et l'inquiétude qui est en train de se muer en terreur.

La porte finit par céder sous mes coups, je tombe presque.

Des nues surtout.

Une galerie commerciale gigantesque, un bar au milieu, des escalators, des lumières de toutes les couleurs, des ascenseurs en verre, des employés trop affairés pour remarquer ma présence, vêtus selon la fonction qu'ils occupent, portant tous un badge à la poitrine.

Et en grosses lettres, partout, en haut, en bas, « *King of the Seas* ».

LE *King of the Seas* devant lequel je suis passée tant de fois ces derniers mois. Ce paquebot dont tout le monde parle, surtout ma mère, si fière de travailler sur ce projet.

« Des journalistes sont venus tourner un reportage, tu te rends compte Myrtille, ta môman à la télé ? » s'était-elle exclamée un soir.

Mais l'évocation des souvenirs est de courte durée : à nouveau, la corne de brume vrille mes tympans, m'arrachant à mes pensées. Je scrute les alentours à la recherche d'une issue. Par chance, des flèches indiquent les accès au pont. Ni une ni deux, je cours en m'attachant à suivre les panneaux. Je monte. J'ai besoin d'air, il faut absolument que je sorte d'ici.

Il me semble sentir les embruns, l'air iodé.

D'ici à quelques minutes, tout ceci ne sera plus qu'un mauvais rêve, une anecdote qu'on évoquera en gloussant. *Tu te rappelles quand tu étais restée coincée dans le King of the Seas ? Y a qu'à toi que ça arrive ce genre de trucs.*

En attendant, il faut que je parvienne à descendre de ce bateau avant de me faire prendre. Je risque gros si on me trouve ici. Le chantier est interdit au public. Je pourrais être accusée d'espionnage industriel, de tentative de sabotage et de tout un tas de choses dont je n'ai même pas idée.

Me voilà sur le pont. Dehors. Ouf. Sortir. Vite.

Effarée, je m'aperçois qu'une multitude de gens sont massés contre le bastingage. Qu'est-ce qu'ils font là ? Cette agitation ne me dit rien qui vaille. Je me mets sur la pointe des pieds, pousse des coudes pour me frayer un chemin à travers la foule. Re-cri de la corne de brume. Re-frissons pour moi.

— Pardon, désolée, je…

Les gens se poussent en maugréant. Et s'ouvre l'horizon.

Je n'en crois pas mes yeux. Devant moi, le quai s'éloigne sous les saluts des badauds restés au port et les cris excités de ceux qui m'entourent. Des dizaines de petits bateaux naviguent dans notre sillage, tandis que le paquebot est en train de sortir du port de Saint-Nazaire.

Je chancelle, me rattrape à un petit homme qui me sourit :

— Ça va aller, mademoiselle ?

À côté de lui, son épouse endimanchée me fusille du regard. Sans quitter des yeux ma ville qui rapetisse et les minuscules bateaux claironnants qui jettent des gerbes d'eau sur la coque pour nous souhaiter un bon voyage, je bredouille :

— Oui, merci, je…

— C'est impressionnant la première fois, pas vrai ? me coupe-t-il en bombant le torse comme un vieux connaisseur. C'est notre quinzième, à ma femme et moi ! On est presque des vieux loups de mer !

À ces mots, il saisit l'appareil photo qu'il porte autour du cou et se met à mitrailler. Il poursuit :

— Le départ, c'est toujours quelque chose. Vous commencez fort, la croisière inaugurale du *King of the Seas*, ce n'est pas rien.

Puis, s'adressant à son épouse dont la tête est surmontée d'un chapeau de paille :

— Chantal, on fait la même photo que d'habitude ? les bras en l'air ?

Chantal s'exécute pendant que je reste bouche bée, incapable du moindre mouvement.

— Vous êtes déjà allée à New York ? me lance l'homme sans cesser de prendre des photos.

Je déglutis en opinant du chef. J'ai l'impression que ma salive est en carton. *Oui, New York, évidemment.*

Il s'approche de moi, fait défiler les clichés sur l'écran de son appareil en roucoulant.

— Elles sont pas mal, non ? J'en prends toujours plein ; comme ça, je ne garde que les meilleures. Je tiens un blog, ça s'appelle « Les croisiéristes ». Allez y jeter un coup d'œil à l'occasion et laissez-moi un petit commentaire, ça fait toujours plaisir.

Je promets, sans conviction, trop estomaquée pour opposer quoi que ce soit.

— On va visiter un peu, suggère une Chantal pressée d'en finir avec moi. Passez une bonne croisière !

— On se recroisera sûrement pendant la semaine ! ajoute son mari sur un ton jovial. Bon voyage ! Et profitez-en bien, c'est pas tous les jours qu'on a la chance de monter sur un navire pareil.

Ils s'éloignent au pas de course, bras dessus bras dessous.

Bon voyage…

Profitez-en bien…

Si on considère que je n'ai rien à faire sur cette croisière, que je suis arrivée là par inadvertance et que je me retrouve embarquée dans un voyage que je n'avais pas prévu, il va être compliqué d'en profiter…

La mer bleue s'étale devant moi, le soleil éclabousse les flots, les mouettes crient au-dessus de nos têtes, le vent me gifle, ma ville s'éloigne et je suis coincée dans le plus grand navire du monde, passagère clandestine en partance pour New York.

Force est de constater que j'ai dépassé le stade du trou noir. C'est carrément un engloutissement.

Le pont se vide. Je m'assieds le temps de recouvrer mes esprits. Parce que ce qui m'arrive est complètement dingue.

Peu à peu, le brouillard se dissipe, les souvenirs remontent à la surface.

En fait, je sais comment je suis arrivée là. Je sais aussi pourquoi.

Tout a commencé il y a un peu plus de quinze jours.

– 2 –

Avant.

Oui, c'était il y a un peu plus de quinze jours.

Ce soir-là, mon service au bar se terminait. Les derniers clients avaient fini par lever le camp, la démarche hésitante, en maugréant contre le rideau de fer à moitié fermé qui les obligeait à se plier en deux pour gagner l'extérieur. Les tables étaient essuyées et le sol était encore humide du coup de serpillière que je venais de passer. Debout derrière le comptoir, je comptais la caisse tout en m'obstinant à chasser une mèche de cheveux qui me chatouillait le bout du nez. C'est à ce moment-là que la tête de Raphaël est apparue, à demi dissimulée par le rideau aux lattes un peu tordues.

— Hello ma Myrtille ! a-t-il lancé en se courbant pour entrer dans le bistrot.

J'ai levé les yeux de ma liasse de billets sans cesser de compter pour ne pas perdre le fil et je lui ai souri machinalement.

Raphaël venait souvent me rejoindre après le travail pour, assurait-il, me « protéger des clients récalcitrants ». J'aimais ces moments qui n'appartenaient qu'à nous, lorsque le chantier n'était peuplé que par les ombres des paquebots. Nous marchions alors dans la nuit noire sur les docks en discutant de tout et n'importe quoi, dans l'ombre des grues et le halo des réverbères.

Ce soir-là, donc, il a pénétré dans la salle où les chaises étaient retournées sur les tables et le balai posé contre le zinc.

— Bouge pas, c'est mouillé ! ai-je menacé.

— Comme toujours, a-t-il répondu dans un clin d'œil.

Il s'est glissé sur la pointe des pieds et il a attendu, adossé à la vitre, pour ne pas risquer de laisser des traces.

— Fini, ai-je fait au bout de quelques minutes. On y va ?

Il a acquiescé, nous sommes sortis. Dehors flottait une odeur de gasoil et de marée. Je me rappelle que le fond de l'air était frais et qu'on entendait la rumeur du vent pris dans les câbles. Nous avons tendu les bras et baissé ensemble le rideau de fer que j'ai ensuite fermé à clé avant de dissimuler le trousseau sous le pot en terre dans lequel s'épuisait un buis moribond. Fred, le patron, le récupérerait le lendemain matin à l'ouverture. Notre ballet était réglé comme du papier à musique.

Je me suis retournée, face au port, afin d'amorcer le mouvement du départ. Et c'est là que je l'ai vue, scintillante sous le réverbère. Sa voiture. J'ai regardé Raphaël sans comprendre.

— Surprise ! a-t-il déclaré avec une emphase risible.

— Surprise ?

Il a haussé les épaules avant de s'éclairer d'un large sourire :

— Je t'enlève !

J'ai secoué la tête, perplexe. Les phares de la Renault ont papillonné en émettant deux bip bip et Raph s'est s'engouffré par la portière. Une fois à l'intérieur, il a ouvert la vitre.

— Bah alors, tu viens ? s'est-il écrié en me voyant immobile, les bras ballants.

Dubitative, je me suis dirigée vers la voiture. Au moment où j'ai ouvert la portière côté passager, j'ai aperçu mon sac de voyage. Il avait préparé son coup.

— Mais… ai-je balbutié, on va où ?

— Ah ça, a-t-il répliqué d'une voix énigmatique, tu verras tout à l'heure…

— Je travaille demain, ai-je protesté mollement.

Il a ri.

— Et depuis quand tu te soucies de ton boulot ?

— Depuis que tu ne me laisses pas le choix…

— T'en fais pas, Fred est au courant.

Mon étonnement augmentait. Décidément, Raph avait tout prévu, il ne bluffait pas.

— Tu m'embarques vraiment, alors ?

— Ouais, pour de vrai. Et tu n'as pas le droit de refuser, a-t-il ajouté en faisant vrombir le moteur de sa Clio et en appuyant sur le bouton *play* de l'autoradio.

Quelques secondes plus tard, nous roulions sur la nationale, les phares éclairant par intermittence nos visages, au son de *I got you babe*, chanté par Sonny and Cher.

Notre chanson.

J'ai regardé mon chauffeur pendant une ou deux minutes, tentant de percer le mystère de ses yeux dont je percevais l'éclat malicieux à chaque fois que nous croisions un véhicule en sens inverse. Sentant sans doute le poids de mon regard, il pivotait parfois vers moi et s'amusait à faire des grimaces, comme un petit enfant mal à l'aise.

— Quoi ? a-t-il fini par demander d'un ton moqueur.

— Rien du tout…

Rien du tout. Et tant de choses à la fois.

Raph et moi, c'est une longue histoire.

C'était il y a vingt ans, j'avais 9 ans et j'habitais avec ma mère près du chantier de construction des bateaux. La propriétaire de la maison mitoyenne était décédée depuis plusieurs mois et le jardin croulait sous les herbes folles. Un beau matin, une jeune femme et son fils avaient débarqué. Ils ont emménagé dans la maison d'à côté, désherbé leur terrain en friche et Raph et moi sommes devenus inséparables. Même âge, même situation familiale déplorable, même rage. Nous baladions souvent notre désarroi d'enfants de divorcés et nos joies de gamins sur les chantiers de Saint-Nazaire. Nous adorions nous cacher et nous poursuivre entre les morceaux de tôles, au grand dam des adultes qui grognaient que nous allions finir par nous blesser et que ce n'était pas un endroit pour des gosses. Quand, trop fourbus de nous courir après, nous aspirions à un peu de calme, on s'asseyait à califourchon sur le mur qui séparait nos deux maisons et on refaisait le monde.

Le monde à 9 ans. Et puis le monde à 15 ans. Autour de nous, l'univers changeait, les copains allaient et venaient, les parents vieillissaient, les machines du chantier se modernisaient, des bateaux succédaient à d'autres bateaux. Ce qui ne changeait pas, en revanche, c'est le lien qui nous unissait. Précieux, essentiel.

La voilà notre histoire.

Retour à mon kidnapping.

Pendant que la voiture avalait les kilomètres, je me perdais en conjectures. Quelle mouche avait piqué Raph ? Et où pouvait-il bien m'emmener ? Je mourais d'envie de savoir. Il m'a lancé un clin d'œil et a augmenté le volume de la musique.

— Essaie de te reposer, tu vas avoir besoin de toute ton énergie.

Il a fixé la route et je me suis forcée à me détacher de lui, de son profil impénétrable et de son regard mystérieux, pour ne plus contempler que la nuit à travers le pare-brise, plongeant lentement dans un demi-sommeil fébrile, heureuse d'être là, confiante malgré tout.

Quand je me suis réveillée, une douce lumière orange dansait dans le ciel. La voix de Raph m'a cueillie :

— Bien dormi ?

Je me suis étirée en grimaçant, le cou et le dos perclus de douleurs.

— Je tuerais pour un café…

Il a jeté un œil à l'heure affichée sur le tableau de bord.

— Tu n'auras pas besoin d'aller jusque-là, on devrait avoir le temps de boire quelque chose dès qu'on sera arrivés.

— Tu ne veux vraiment pas me dire où on va ?

Il a secoué la tête d'un air obstiné.

— Secret-défense. Encore une petite demi-heure de patience…

Et il a ajouté :

— Il y a des madeleines sur la banquette arrière si tu as faim.

J'ai détaché ma ceinture et me suis mise à genoux sur le siège pour attraper le paquet de gâteaux. Je l'ai ouvert d'un coup sec avant de le lui tendre.

— Tu en veux ?

Il a mordu dans une madeleine. L'odeur de beurre sucré a flotté dans tout l'habitacle. Dehors, l'aurore continuait sa course.

Piquée de curiosité, je ne pouvais pas m'empêcher de lorgner tous les panneaux que nous croisions. Je me prenais pour un agent secret qu'on aurait conduit dans un lieu interdit. Mais le mystère prenait un peu l'eau : les panneaux avaient déjà révélé suffisamment d'indices pour me permettre de déduire que nous étions en région parisienne.

— On va à Paris ? ai-je questionné en postillonnant quelques miettes.

Aussi buté qu'amusé, Raph a secoué la tête.

— On ne parle pas la bouche pleine.

J'ai haussé les épaules, bien décidé à faire la tête pour montrer mon mécontentement. Pendant deux minutes et trente-huit secondes au moins. Non mais…

Dehors, la circulation se densifiait, le paysage changeait vite. Des avions montaient et descendaient au-dessus de l'autoroute. Alors, de panneaux en avions, de champs d'orge en pistes visibles depuis la route, j'ai compris.

— On part en voyage ?! me suis-je exclamée, soudain pétrie d'excitation.

Il m'a souri.

— Ça se pourrait.

— Et on va où ????

Je ne tenais plus en place. Il a touché ma joue.

— T'as une miette, là…

— On s'en fiche, dis-moi où on va…

— Là-haut, a-t-il répondu en montrant un avion qui venait de décoller.

Quand, enfants, nous étions assis sur le mur d'enceinte qui séparait nos deux jardins, il n'était pas rare que des avions traversent le ciel. Nous nous amusions alors à deviner leur destination, rêvant à des pays lointains, nous inventant des contrées imaginaires et des destins hors norme. Là, dans cette voiture, près de lui, je me souviens d'avoir brièvement songé que tous ces avions et toutes ces heures passées à les observer depuis notre muret devaient précisément nous conduire à cet instant.

Parfois, on a le sentiment que notre vie n'est qu'un ensemble désordonné. Et puis, un beau jour, on se rend compte que ce qu'on prenait pour un chaos monumental n'est en fait que les pièces disparates d'un puzzle qui, soudain, vous apparaît dans son entier. Comme si tout faisait sens d'un seul coup.

Voilà, c'est exactement ce que j'ai pensé au moment où notre voiture a pénétré dans le parking.

Au fond, peu m'importait où nous allions ; j'étais heureuse, je partais en voyage avec Raph.

Mon Raph.

– 3 –

Maintenant.

Reprenons.

Je suis donc sur le fameux *King of the Seas*. Paquebot démesuré, dernier né des chantiers de Saint-Nazaire, la fierté de tout un port, le plus gros porteur jamais construit, le fer de lance de la navigation maritime, une prouesse technique dingue, six mille passagers au bas mot, près de deux mille employés.

Et moi, et moi, et moi.

Moi, qui n'ai strictement rien à faire ici, au milieu des croisiéristes qui ont dû débourser une petite fortune pour profiter de ce voyage inaugural. Assise sur le pont, l'air hagard d'une âme en peine, je n'en reviens pas de me trouver là, voguant sur l'Atlantique.

Le même constat passe en boucle dans ma tête : hier, je me suis saoulée. Aujourd'hui, je regarde, effarée, la côte s'éloigner. Il y a de quoi en perdre son latin.

En règle générale, quand je bois trop, j'en suis quitte pour un réveil désagréable au côté d'un type dont je ne me rappelle plus le prénom ou pour une migraine qui dépasse l'entendement. Mais là, j'ai fait très fort. Si le concours de la plus grosse bourde du monde existait, il est certain que je ne serais pas loin du podium. Déjà que d'ordinaire, je n'ai pas très bonne réputation…

Je sais ce qu'on pense de moi. Je ne suis pas une fille très stable. Ma situation professionnelle, faite de vacations régulières dans le bar de Fred et de quelques missions en intérim, est assez peu reluisante. Ma vie sentimentale est du même tonneau : là aussi, on pourrait dire que je fais de l'intérim. « Cœur d'artichaut un jour, cœur d'artichaut toujours », adage de mon cru se traduisant par une impossibilité chronique à rester avec le même homme plus de deux mois, et par une propension délirante et quasi pathologique aux rencontres décevantes. Il paraît que c'est la peur de l'engagement qui fait ça. Notez que je ne suis pas contre l'engagement, il semble plutôt que ce soit l'engagement qui ait une dent contre moi.

Bref, il paraît que je manque de constance. Pas de mec, pas d'enfants, pas de boulot sérieux ; j'avoue que je ne mène pas l'existence conventionnelle de mes anciennes amies du lycée. Et, en plus, j'aime faire la fête, ce qui ne manque pas de faire de moi le sujet de discussion de prédilection des collègues de ma mère sur le chantier : « Alors, ta fille, c'est quand qu'elle te ramène un gars ? », « T'es pas près d'être grand-mère à ce train-là », « Ta fille et toi, vous êtes pareilles, on vous a jamais dit que les filles, ça mettait des jupes et des talons de temps en temps ? »

« Elle a bien le temps de se ranger », leur répète inlassablement ma mère en haussant les épaules avant de chausser ses lunettes de soudeuse et de faire éclater leurs idées préconçues en mille étincelles. Il faut dire que Maman ne s'est jamais préoccupée de ce qu'on pensait d'elle. Fille-mère travaillant au milieu d'hommes, occupant une fonction d'ordinaire dévolue à la gent masculine, elle fait partie des fortes têtes, connue pour sa gouaille et pour sa manière de ne pas s'en laisser conter. Au fil des ans, elle est devenue une sorte de figure emblématique, une espèce d'institution du chantier que tout le monde respecte. On l'embête gentiment, mais ça ne va jamais plus loin.

Je dois dire que je suis étonnée : je m'attendais à sentir le roulis des vagues s'écrasant sous la coque. En fait, il n'en est rien ; le paquebot navigue dans une espèce d'immobilité déroutante. J'aurai au moins appris qu'un gros bateau bouge moins qu'un petit. Je me coucherai donc moins bête ce soir. Tu parles d'une consolation.

Je quitte des yeux Saint-Nazaire et la mer pour me tourner vers l'intérieur du bateau. D'où je suis, j'aperçois les virages entrelacés de deux toboggans gigantesques tombant dans l'une des piscines. Les cris des mouettes ont cédé la place aux hurlements des enfants pressés de profiter des installations. Éblouie par le soleil, je positionne ma main en visière pour considérer un moment l'endroit magique qui me fait face. Au fur et à mesure, une espèce de sérénité fébrile me gagne, ainsi qu'une irrépressible envie de découverte : quitte à être coincée sur ce bateau pendant les prochains jours, autant rentabiliser le stress et faire un peu de tourisme. Moi qui me suis si souvent demandé à quoi l'intérieur de ces énormes paquebots pouvait bien ressembler, je ne peux pas gâcher cette belle occasion.

Je déambule au hasard, suivant les panneaux, écarquillant les yeux telle une enfant émerveillée. Je traverse un jardin tropical où s'égosillent des oiseaux imités par des enceintes, croise un théâtre à ciel ouvert, une dizaine de bassins, des restaurants, des discothèques, des cabines s'étageant sur des niveaux que je n'arrive même pas à dénombrer. Il y a du monde partout, je suis abasourdie, c'est grandiose ; difficile d'imaginer que tout cela flotte. Je me sens minuscule ; ce bateau est un géant, il n'a pas volé sa réputation.

Des gens commencent à apparaître sur les balcons, d'autres se hâtent de prendre possession d'un transat ; d'autres, encore, se pressent dans les bars et dans les boutiques qui longent la promenade principale. Cette fourmilière me laisse sans voix.

Brusquement, deux jeunes filles arrivent à ma hauteur et me croisent en me dévisageant avec un mélange d'étonnement et de dédain. Je les entends glousser. Je baisse les yeux : ont-elles deviné que je n'ai rien à faire ici ? Peut-être devrais-je être plus discrète, d'autant plus que ma tenue détonne avec celle que la plupart des vacanciers arborent. Mes Converse et ma robe en crêpe sombre contrastent franchement avec les couleurs chatoyantes des débardeurs et les coupes impeccables des jupes.

Pas le même monde. Pas les mêmes circonstances non plus, je doute qu'un autre des passagers se soit réveillé la tête à l'envers dans un canot de sauvetage.

— Je les avais pourtant mises dans ce sac… Où sont ces fichues cartes ? Guy, tu es sûr que je ne te les ai pas données ?

— Et je les aurais mises où, selon toi ? dans mon caleçon ?

— T'as toujours le mot pour rire…

— Et toi, tu perds toujours tout…

Je fais volte-face et découvre un couple de quinquagénaires postés à un mètre de moi. L'époux scrute le plafond en soupirant pendant que le nez de sa femme se perd dans un énorme sac de plage.

Un sac…

Tout à coup, je sens l'incroyable légèreté de mon épaule qu'aucune sangle ne vient lacérer. Une légèreté qui sonne comme une prise de conscience et me noue l'estomac.

Je n'ai pas mon sac.

La terreur m'étreint, sourde, forte, viscérale. Je cours vers le canot de sauvetage qui m'a tenu lieu d'abri, me cogne contre quelques passagers, oublie de m'excuser – pas le temps pour ça –, me trompe de direction un nombre incalculable de fois, maudis les concepteurs sadiques de ce bateau en forme de labyrinthe. Le souffle me manque, mon cœur bat à tout rompre dans ma poitrine ; tant pis, je ne tends plus que vers ce canot et mon sac qui s'y trouve forcément.

Et miracle ! le couloir que je reconnais, l'entrée de mon canot, à portée de vue. Tandis que je m'approche de la porte, je ralentis instinctivement en priant pour que personne n'ait eu la mauvaise idée de la fermer à clé.

Je saisis la poignée. Elle ne résiste pas. J'ai tellement de gratitude que je pourrais l'embrasser ; seul un reste de décence m'en empêche. J'ouvre et retrouve le gilet de sauvetage aplati par ma tête, le creux qui a accueilli mon dégrisement, le hublot qui m'a offert, un peu plus tôt, mon premier coup de stress quand j'ai réalisé que nous prenions la mer.

Je retrouve tout, jusqu'à l'odeur de plastique neuf vaguement entêtante.

Mais pas mon sac.

Je regarde partout, m'attache à vérifier chaque recoin plusieurs fois.

Je dois me rendre à l'évidence. Mon sac n'est pas ici.

Passe encore que je me retrouve sur un bateau. Passe encore que je doive me cacher pendant toute la traversée. Mais perdre mon sac est ce qui pouvait m'arriver de pire. Cette fois, la situation est critique.

Je tremble en me mordant les lèvres pour juguler les sanglots qui m'assaillent, avant de fondre en larmes. J'ai toujours pensé être une grande optimiste. Eh bien, mon optimisme se fracasse là.

Je sais comment je suis arrivée là, je connais la raison de ma présence ici. Mais sans mon sac, je n'y parviendrai pas.

– 4 –

Avant.

Raph et moi, c'est une histoire compliquée, une somme de rendez-vous manqués où tour à tour nous avons cru, attendu, désespéré, tenté, pris, repris et souffert.

Enfants, tout était si simple : les rencontres quotidiennes sur le mur mitoyen, les parties de cache-cache dans les morceaux de bateaux, les installations de cordes à sauter et de pots de yaourt qu'on pendait entre nos maisons pour se parler depuis nos fenêtres, les jours pluvieux passés à jouer aux cartes ou au Monopoly suffisaient à nous combler. On ne s'embarrasse pas de questions inutiles à cet âge. Avec l'adolescence sont venus l'ambiguïté et le besoin de mettre des mots sur un lien que nous n'avions jamais mis en doute auparavant, tant il était évident que nous passerions notre existence ensemble.

Puis sont arrivées les premières fois. Premier baiser, première étreinte, première caresse, premier soupir, premier mot d'amour.

Premier chagrin.

À force de traîner autour des bateaux, Raph a eu des envies d'ailleurs. Il évoquait de plus en plus souvent de grands voyages, de lointaines destinations, des océans, des paysages à découvrir, de nouvelles langues et de nouvelles cultures. Jusqu'à ce qu'il réponde à l'appel du large. Il avait 17 ans, il venait de s'engager dans la marine pour huit années.

Bien sûr, j'ai pleuré, tempêté, mais rien n'y a fait, sa décision était prise. Il m'abandonnait ; mon amour ne faisait pas le poids face à l'océan.

Huit ans. Une éternité.

J'étais effondrée. Après deux mois à Querqueville pour apprendre les rudiments de la marine nationale, deux autres mois à Toulon où il a effectué ses classes, la sentence est tombée. Grâce à ses bons résultats – lui qui n'avait jamais été un très bon élève avait cette fois tout donné –, il avait eu le droit de choisir le poste qu'il voulait. Il avait évidemment choisi l'affectation la plus lointaine parmi celles qu'on lui proposait : la Martinique.

Bien sûr, on devait s'attendre, on y croyait. Mais notre romance s'est prise au piège de la réalité et nos chemins se sont écartés doucement. Des coups de fil qui s'éternisent de moins en moins, des visites qu'on projette mais qu'on ne réalise jamais, une permission décevante, des mots qui se cherchent, se refusent, qui ne coulent plus si facilement, le lierre qui finit par recouvrir le muret. Et la blessure qui se change en résignation, cette démission qui fait qu'on ne s'attend plus parce que la vie continue et qu'il faut la vivre malgré tout.

Bref, deux routes qui se séparent doucement. Sans heurt, sans fracas, dans le calme effrayant des histoires qui s'achèvent sans drame.

Raph n'est finalement pas allé au bout de ses huit années ; il est rentré après cinq ans, je n'ai jamais vraiment su pourquoi. Toujours est-il que lorsqu'il est revenu, je n'étais plus là, plus disponible, j'avais emménagé avec mon petit ami de l'époque, un copain de la fac, et nous parlions fiançailles.

Plusieurs mois ont passé, Raph a rencontré une jeune femme et la messe a été dite, nos conjoints respectifs chassant toute possibilité d'équivoque entre nous. Nous nous croisions parfois, un petit pincement fissurait mon cœur, nous évoquions le passé avec une poignante dérision d'adulte, comme un besoin de raviver sans en avoir l'air quelques souvenirs enfouis.

Entre nous, il n'a finalement plus été question d'amour. Juste d'amitié.

J'ai fini par quitter mon compagnon. J'ai eu d'autres relations, des sérieuses et des expéditives, mais un morceau de Raphaël subsistait toujours en moi, sans que j'y puisse rien. Je me sentais comme destinée à lui.

Lui aussi s'est séparé de sa petite amie ; j'ai espéré qu'il me revienne mais il n'est pas venu me chercher. Nous sommes redevenus proches mais jamais nous n'avons reparlé d'amour.

Lui aussi a eu d'autres histoires, d'autres rencontres. Nous nous croisions sans cesse, sans jamais nous trouver vraiment.

Bien sûr que j'ai voulu lui parler, voir s'il partageait cette conviction profondément ancrée que nous nous devions l'un à l'autre. Mais la possibilité d'abîmer notre lien me tétanisait. Nous étions si complices. L'avoir à nouveau à mes côtés était un cadeau, je ne voulais pas le perdre avec des mots qui l'auraient effrayé. Et j'avais eu si mal quand il m'avait quittée que je ne pouvais pas me résoudre à revivre pareille souffrance. Je préférais encore me convaincre que je ne ressentais pour lui qu'une amitié ambivalente, quitte à lutter contre cette force qui me poussait dans ses bras lorsqu'il était à proximité.

J'oscillais en permanence entre espoir et désillusion, mes sentiments étaient en forme de montagnes russes. Parfois, je me disais qu'il allait se déclarer, m'avouer que j'étais la femme de sa vie. D'autres fois, je me morfondais, réalisant à quel point tout était fichu, que le temps ne se rattrape pas, qu'on avait laissé passer notre chance, qu'il fallait s'ouvrir à d'autres choses et parcourir de nouveaux chapitres.

Au fond, je n'attendais qu'un signe de sa part. Un signe et je me serais précipitée contre lui pour m'y cramponner de toutes mes forces.

Mais j'étais bien trop lâche pour oser avouer mes sentiments. Trop lâche pour courir le risque d'être encore rejetée.

Nous étions amis ; après tout, ce n'était déjà pas si mal.

J'en étais là de mes réflexions lorsque nous sommes arrivés sur le parking à moitié vide. Raph a garé la voiture, pris nos sacs et nous avons pénétré dans l'aéroport. À l'intérieur, ça sentait le café et les viennoiseries. Des caristes lustraient le parquet avec la lenteur d'une procession mortuaire, des hôtesses palabraient entre elles, des gens faisaient la queue avec d'énormes bagages enveloppés dans du papier étirable. Raphaël a jeté un œil à son téléphone portable avant de scruter le panneau des départs et de me dire :

— Attends-moi, je reviens.

— Mais non, je vais venir avec…

— Tu m'attends là, a-t-il répété. Sinon, pas de café.

Je lui ai lancé le regard le plus sardonique que j'avais en stock en bougonnant :

— Tes armes sont trop puissantes, je ne peux pas lutter.

Il a répliqué avec un sourire enjôleur impossible à contrer :

— Je sais, tu n'as jamais pu lutter d'ailleurs…

Sur ce, il s'est dirigé vers un comptoir d'informations tout en s'assurant de temps à autre par un bref coup d'œil que je ne le suivais pas.

Ces mystères m'intriguaient au plus haut point, je ne tenais pas en place. Que pouvait-il bien préparer ? À défaut d'autre chose, je me suis concentrée sur les lèvres de l'hôtesse qui lui donnait des renseignements, en vain. Décidément, j'allais devoir prendre mon mal en patience.

— On dirait une taupe avec tes yeux plissés, a-t-il lancé quand il est revenu vers moi.

J'ai joué l'innocente.

— Mes yeux plissés ?

— Bah oui, tes yeux plissés pour lire sur les lèvres…

Il me connaissait trop bien.

— Mais c'est une torture de ne pas savoir !

— C'est mignon, une petite Myrtille pressée ! s'est-il exclamé pendant que je fulminais intérieurement contre sa surprise qui n'en finissait pas et me donnait des envies de meurtre.

— Allez, fais pas la tête, ta curiosité devrait être satisfaite dans quelques minutes, on n'est plus très loin. Tu veux qu'on s'arrête prendre un café, du coup ?

— Pour que tu me fasses mariner plus longtemps ? Tu rêves !

Il a explosé de rire en s'éloignant lentement, comme le font les méchants, fiers de leur répartie dans les mauvais dessins animés.

— Allez viens, c'est par là !

Je l'ai suivi dans les couloirs jusqu'à ce qu'il s'arrête devant une immense porte à double battant, entourée de baies vitrées fumées. La porte s'est ouverte sur un steward affable derrière lequel on pouvait distinguer des fauteuils club rouge et or, des canapés de même teinte, des tables basses en verre et un homme en chemise blanche, les yeux rivés à l'écran de son ordinateur portable.

J'ai saisi la manche de Raphaël et j'ai prononcé à voix basse :

— Euh, tu sais que c'est le salon des premières là ? À mon avis, ton hôtesse s'est trompée…

Il a tordu sa bouche comme s'il réalisait qu'il venait de faire une erreur.

— Ah oui ? Mince alors… Je pensais que c'était là…

Le steward, qui n'avait pas entendu mes réticences, a demandé nos noms. L'homme à la chemise blanche, sans doute gêné par le bruit de notre arrivée, nous a lancé un regard perçant. Mes joues se sont empourprées. Nous n'avions rien à faire ici. À nouveau, j'ai secoué la manche de Raph vers l'arrière pour l'inviter à sortir. Je nous voyais déjà, reconduits en classe éco manu militari, par des agents de sécurité gigantesques et des chiens aux muselières mal accrochées.

— Allez, viens, ai-je chuchoté, de plus en plus mal à l'aise.

Mais Raph ne m'écoutait pas.

— Raphaël Madray, a répondu tranquillement mon ami au steward pendant que je me liquéfiais.

L'autre a vérifié sur l'écran d'une tablette, puis s'est déporté vers la gauche en écartant son bras.

— Madame Vignolle, monsieur Madray, bienvenue dans les salons de La Première, je suis ravi de vous accueillir, a répliqué l'homme sur un ton obséquieux. Puis-je vous proposer un rafraîchissement ?

Ma mâchoire s'est ouverte toute grande. Raph me dévisageait. Ses lèvres pincées accentuaient son regard goguenard. Il se retenait de rire.

— Un café, c'est bien de ça que tu as envie ? m'a-t-il lancé.

J'ai opiné du chef, trop étonnée pour prononcer la moindre parole.

— Un café pour madame. Et pour vous, monsieur ?

— La même chose, merci.

— Je vous laisse vous installer. Nous allons vous apporter ça tout de suite. Souhaitez-vous que nous prenions en charge vos bagages ?

— Ce n'est pas la peine, nous n'avons pas grand-chose, nous les prendrons avec nous en cabine, merci.

Une seconde plus tard, Raph m'a demandé où je souhaitais m'asseoir. D'un mouvement du menton, je lui ai indiqué la table et les fauteuils qui faisaient face à l'une des pistes de décollage.

J'étais médusée. Raph, lui, s'amusait de mon étonnement.

— Alors ? Ça te plaît ? a-t-il fini par demander.

— T'es complètement dingue. En première…

Il s'apprêtait à répliquer lorsqu'une hôtesse tirée à quatre épingles s'est glissée entre nous. Elle a posé les cafés ainsi qu'une corbeille de mini-viennoiseries.

— Je suis heureuse de vous informer que votre vol pour New York n'accuse aucun retard et partira à l'heure prévue. Un chauffeur vous y conduira dans une heure trente. En attendant, n'hésitez pas à profiter de notre espace privé. Un spa est à votre disposition si vous souhaitez vous décontracter avant votre voyage.

En d'autres circonstances, j'aurais discrètement détaillé la jolie femme qui venait de prononcer ces paroles. J'aurais envié son élégance naturelle, son port de tête, son chignon parfait, ses mollets fuselés, son aisance sur talons hauts. J'aurais cherché à connaître la marque du parfum subtil que sa nuque dégageait, le nom qu'elle portait et qui ne pouvait être que cent fois plus charmant que ce Myrtille dont tout le monde m'affublait.

Oui, en d'autres circonstances, j'aurais été jalouse, parce que je suis une femme jean-basket, une sorte d'éternelle adolescente aux jambes arquées et à la vie mal fichue.

En d'autres circonstances, donc. Car cette fois, autre chose avait confisqué mon attention. New York.

Raph m'emmenait en voyage, en première, à New York. Et, comme si cela ne suffisait pas, on pouvait bénéficier d'un massage avant de partir. La cerise sur un énorme gâteau. La surprise passée, j'ai poussé un petit cri en me jetant au cou de mon meilleur ami, manquant de renverser la tasse fumante qu'il tenait à la main.

— T'es fou, tu as dû te ruiner !

— Pas tant que ça, a-t-il rétorqué en répondant chastement à mon embrassade.

J'ai alors eu une intuition. J'ai desserré mon étreinte, ai enfoui mes pupilles dans les siennes et je me suis écriée, sûre de moi :

— Tu as gagné au loto et tu ne me l'as pas dit !

— Pas tout à fait...

Il s'est détourné pour contempler le spectacle des avions qui décollaient les uns derrière les autres.

— Je suis sûr que tu vas adorer New York, c'est une ville formidable. Ça faisait longtemps que j'avais envie de t'y emmener.

Il noyait le poisson. Quand même, tous ces frais, pour quelle raison m'offrir un cadeau si énorme ? Était-il tombé sur la tête ?

— Mais je ne pourrai jamais te rendre la pareille, ai-je bégayé. À la limite, je pourrai t'offrir un week-end à Nantes… Et encore, pas tout de suite, vu mon découvert abyssal…

Il a posé son index sur ma bouche pour me faire taire et il a secoué la tête.

— Arrête, ça me fait plaisir.

Avant d'ajouter :

— Je suis content d'être avec toi.

Mon cœur s'est mis à battre la chamade.

– 5 –

Maintenant.

Le temps est en train de défiler, c'est sûr. Toutefois, je ne saurais pas dire si ce sont des minutes ou des heures qui s'écoulent : tous mes repères sont en vrac, je n'ai plus aucune notion de rien. Devant moi, l'océan s'étale à perte de vue. De l'eau à gauche, de l'eau à droite, de l'eau derrière, de l'eau partout. Et une coupole de ciel où flottent de légers nuages en guise de couvercle. Remarquez, le fait qu'il n'y ait pas grand-chose à voir tombe plutôt bien ; mes larmes, de toute façon, m'aveuglent, et j'aurais été bien en peine de distinguer quoi que ce soit. La peau de mon visage tiraille, mes lèvres ont un goût de sel, j'ai l'impression de n'être plus qu'une cascade. Je savais que j'étais capable de pleurer. Ce dont je ne me doutais pas, en revanche, c'est qu'il était humainement possible de pleurer autant.

Je suis assise par terre, contre un poteau derrière lequel j'ai trouvé refuge. Je n'ai pas besoin de me cacher, personne ne fait attention à moi. C'est bien connu, on n'est jamais aussi seul qu'entouré de milliers de gens, a fortiori quand ceux-là sont bien décidés à profiter de chaque instant d'une croisière sur le plus grand paquebot du monde. Après tout, ils attendaient ce voyage inaugural depuis des siècles. Donc c'est festif, c'est joyeux et c'est tout l'inverse de ce que je ressens.

Si monter sur ce fichu bateau a été la trouvaille du siècle – il faut croire que boire plus que de raison ouvre les synapses et vous donne des ailes car, sans l'aide de l'alcool, je n'aurais sûrement pas osé –, perdre mon sac est en revanche un échec pathétique. À l'image de mon existence, de mes choix, de mes idées tordues, de ma manière de n'en faire toujours qu'à ma tête. Finalement, je mérite peut-être ce qui m'arrive ; après tout, je l'ai bien cherché. Je me sens minable. Et friable. J'ai l'impression qu'une brise suffirait à éparpiller les petits morceaux de moi. Un souffle, et pouf, plus de Manon-Myrtille.

Je crois que je pourrais pleurer tout le reste de ma vie ; pourtant c'est impossible, la biologie reprend le dessus, la soif finit par avoir raison de mes larmes. Je me lève difficilement et me dirige vers des toilettes que j'avais repérées un peu plus tôt, dans l'espoir d'y trouver un robinet d'eau potable. Je traverse le pont tête baissée afin de ne pas attirer l'attention sur mon visage cramoisi et ma mine aux allures de chute du Niagara. Je voudrais disparaître.

— C'est toi ?

Je me fige.

— Manon ? insiste la voix dans mon dos.

Une bulle d'espérance chaude explose dans ma poitrine quand j'entends mon prénom. Je demeure pourtant impassible. Bien sûr que je vais me retourner. Mais, pas tout de suite. Parce que si je me trompais ou délirais, je ne sais pas si je pourrais m'en remettre. Alors j'y vais doucement, je ne veux pas briser le charme, j'ai besoin de savourer ce petit moment de joie, même s'il est éphémère, j'ai besoin de croire que je ne suis pas seule au monde.

— Manon… répète la voix en s'approchant.

Allez, je respire, il est temps de me confronter à mes angoisses-visions-délires. Je me tourne vers la voix et je le découvre devant moi, dans son uniforme. Jaya. Face à cette présence amicale et inattendue, le barrage cède, mes sanglots reprennent de plus belle. Je m'écroule dans ses bras.

Jaya n'est pas tout à fait Jaya. Ce que je veux dire, c'est que ce n'est pas vraiment son prénom. En réalité, Jaya se nomme Jayakrishnan. Nous avons sympathisé dès sa première visite au bar. Juste avant qu'il ne quitte le bistrot, je lui ai demandé comment il s'appelait. Soit son accent très prononcé m'en interdisait l'accès, soit mon oreille, peu habituée aux consonances étrangères, refusait de consentir le moindre effort, mais il m'a été impossible de retenir son prénom. Après une dizaine de tentatives ratées, nous sommes tombés d'accord sur Jaya.

Jaya travaille sur le *King of the Seas* où il est pizzaïolo. Il a emménagé sur le bateau dès son arrivée à Saint-Nazaire, il y a deux mois. La plupart des employés prennent leur quartier dans les paquebots bien avant le grand départ. C'est le cas à chaque fois. La clientèle du bar dans lequel je travaille est d'ailleurs composée en majorité de ces hommes et de ces femmes – bien que ces dernières soient moins nombreuses – qui ont fait le choix de s'éloigner des leurs pour travailler en mer pendant plusieurs années, parfois même pendant toute leur carrière.

Pour Jaya, c'est temporaire. D'après ses calculs, quatre ans sur le *King of the Seas* assureront les études supérieures de ses deux filles à l'étranger quand elles auront l'âge d'être à l'université. L'aînée se rêve avocate, la plus jeune, médecin. Quand il évoque ses filles, Jaya a des étoiles dans les yeux.

La première fois que nous en avons parlé, j'avais exprimé ma perplexité :

— Tu te rends compte que tu ne rentreras chez toi que pour les voir partir… C'est un peu triste, non ?

Loin de s'offusquer de ma naïveté, il m'avait répondu avec toute la bienveillance qui le caractérise que le Pakistan était un pays difficile pour les femmes et que le bonheur de ses filles valait bien quelques sacrifices.

— Pas grave d'être loin, ce qui compte, c'est pourquoi on s'est éloigné.

Je me souviens d'avoir alors eu honte de ma candeur, et de la liberté pour laquelle je n'avais jamais eu à me battre puisque je suis née au bon endroit, au bon moment. Pourtant, Jaya ne m'a pas jugée. Au contraire, au fur et à mesure de nos échanges, il m'a patiemment raconté comment sa famille subsistait, les espoirs qu'elle nourrissait, le départ qu'il fallait voir comme une chance de se soutenir et non comme le malheur d'un abandon. Les mots lui échappaient parfois, la faute en revenait à sa maîtrise bancale du français qu'il était en train d'apprendre, mais ses paroles sonnaient juste et tapaient dans le mille.

J'imagine que c'est pour ce genre de rencontres que je ne suis jamais parvenue à quitter Saint-Nazaire. Un bateau qui naît, c'est tout un monde qui s'ouvre et toque à votre porte.

— Moi aussi, ça me fait plaisir de te voir… souffle faiblement Jaya, qui, sans doute gêné par cette soudaine effusion, peine à interpréter les saccades de mes épaules et la signification de mes pleurs.

Je pouffe, c'est plus fort que moi, comme une perte de contrôle due à un trop-plein d'émotion. Je recule en reniflant et en m'essuyant la figure avec mon avant-bras.

Il ne me demande pas si ça va – peut-être a-t-il trop de pudeur pour m'imposer de me dévoiler –, mais je vois qu'il s'interroge. Je prends les devants.

— Comment tu vas, toi ?

— Boulot boulot, me répond-il. Finies les répétitions générales, yapuka.

— Yapuka ? répété-je, en tendant l'oreille.

Il fronce les sourcils.

— Yapuka… c'est pas comme ça dire en français ?

Je secoue la tête, pas certaine de comprendre. Mais Jaya reprend le fil de la conversation.

— Je ne savais pas tu devais voyager ici.

— Moi non plus… répliqué-je en réprimant une grimace qui annonce une nouvelle salve de sanglots.

— Toi non plus ?

Je me mords les lèvres et avoue, penaude :

— Je me suis réveillée dans un des canots de sauvetage ce matin…

— Et ton billet ? demande-t-il sur un ton méfiant.

J'écarte les bras en signe d'impuissance.

— Pas de billet.

Son visage d'ordinaire placide se pare immédiatement d'un sourire circonspect, ses sourcils bruns prennent la forme de deux accents circonflexes.

— Tu veux dire que tu es passager *clandestin* ?

— Clandestin, ouais… je réponds mollement, avant d'ajouter : Ça craint, pas vrai ?

— Ça craint grave.

Je souris malgré moi. Sa façon de mélanger des tournures argotiques apprises sur le tas avec le français châtié des cours qu'il a suivis depuis son arrivée est assez cocasse.

— Il faut prendre billet, me dit-il d'un air très sérieux. Tu peux pas rester sans…

Je le coupe :

— Je n'ai plus mon sac, Jaya, j'ai tout perdu…

Les spasmes m'assaillent à nouveau à l'évocation de ma situation précaire. Des voyageurs surpris nous observent avec un peu trop d'insistance. Mal à l'aise, Jaya m'entraîne à l'abri des regards, derrière une colonne massive.

— Tu ne peux pas rester comme ça ; dangereux, si tu te fais prendre, la sécurité va garder toi jusqu'à ce que la police maritime te débarque.

— Et si tu me cachais dans ta cabine ? suggéré-je, pleine d'espoir.

— On est quatre dans ma cabine…

— Je comprends…

Je baisse la tête, résignée à me laisser jeter aux requins par des agents de sécurité déguisés en pirates.

— Tu risques la prison, lâche-t-il, pensif. Mais pourquoi faire ça ?

Je ne réponds pas et garde les yeux rivés au sol telle une gamine prise en faute. Il insiste.

— Un homme ?

J'opine lentement du chef, silencieuse.

— C'est lui, là ? dit-il en appuyant son index sur le tatouage que je porte depuis peu, en haut du bras. Je réprime un gémissement, l'épiderme est encore un peu sensible.

J'acquiesce.

— Il est important ? me demande-t-il encore.

Je lève la tête, me tourne vers l'horizon. Vers New York.

— Essentiel.

Jaya se perd dans ses réflexions pendant quelques secondes avant de revenir à moi dans un soupir :

— Peut-être j'ai un moyen. Attends-moi là, je retrouve toi après service.

Il esquisse un pas, mais fait finalement volte-face.

— Tu seras sage ?

Je promets. Je suis presque toujours sage.

– 6 –

Avant.

Et voilà comment je me suis retrouvée confortablement installée dans un fauteuil de première classe sur un vol Paris-New York, au côté de mon complice de toujours, mon meilleur ami, mon amour perdu, mon espérance, ma déchirure. Fauteuils inclinables à l'infini ou presque, menu digne d'un Gault & Millau, hôtesses et stewards aux petits soins, décor de magazine. Bref, le rêve, à ceci près que j'avais une peur bleue de l'avion. Du décollage surtout. La faute à un vol laborieux, fait de trous d'air et de perturbations diverses et variées quelques années auparavant lors d'un voyage scolaire qui nous avait menés jusqu'à Madrid.

Je m'efforçais de juguler ma terreur quand l'avion s'est positionné sur la piste. Les réacteurs ont vrombi tandis que mon estomac se tordait d'angoisse. L'engin a pris de la vitesse, j'ai saisi mon manteau pour en recouvrir ma tête dans une stupide tentative de retour au ventre maternel, et j'ai senti l'énorme Boeing se soulever. Et une main se poser sur la mienne.

— Ça va aller ? m'a demandé Raph alors que je passais un œil par-dessus mon manteau.

— Ça ira mieux dans huit heures, ai-je bredouillé.

— Tu permets ? a-t-il fait en attrapant un morceau de mon manteau pour s'engouffrer à l'intérieur lui aussi, avant de s'exclamer : On suffoque là-dessous ! On parie que tu ne tiendras pas huit heures ?

Je ne résiste jamais à un pari. Dès qu'on me lance un défi, même s'il est stupide et perdu d'avance, c'est plus fort que moi, je ne peux pas m'empêcher de succomber. Une histoire de gènes peut-être, ou alors d'une inclination particulière à la « têtedemulerie ».

— OK, pari tenu ! ai-je évidemment répliqué en tapant dans la paume de sa main.

— Celui qui perd a un gage.

— Tiens-toi prêt à faire un truc bien bien débile.

Il rigole.

— Même pas peur, ça n'arrivera pas. Par contre, toi, t'es pas sortie de l'auberge. J'espère que tu ne crains pas le ridicule…

Il est sorti de la tanière de mon manteau. Après un petit moment, je l'ai entendu commander un verre de champagne. Quelques minutes plus tard, il me narguait :

— Hum, il est terrible ce champagne, si frais, si pétillant, tu devrais essayer, jamais bu un truc pareil, vachement bon…

Ma veste était trop opaque pour je puisse distinguer son visage mais je pouvais facilement me figurer le petit sourire en coin et l'air espiègle qu'il devait arborer. Et personne n'a dit que je devais mourir de soif durant ce vol. Après tout, le pari ne consistait qu'à garder ma tête sous le manteau, le reste de mon corps était libre. Alors, j'ai tendu le bras. Raph a déposé le verre entre mes doigts en me prévenant :

— Tu vas faire une bêtise…

J'ai haussé les épaules et j'ai bu, à qui mieux mieux.

— C'est vrai qu'il est bon ce champagne… ai-je déclaré en amorçant un geste pour lui rendre le verre à l'aveugle.

J'ai senti la flûte heurter quelque chose. Son bras ? Son torse ? Son épaule ?

— Eh ! s'est-il écrié, non ! mon tee-shirt !

— C'est bon, tu ne me la feras pas, ai-je raillé sous ma veste. Le coup du verre renversé, ça ne marche pas ; faudrait que je sois une sacrée cruche pour tomber dans le panneau.

Il a pris ma main pour la poser sur sa poitrine. Je pouvais sentir son cœur battre sous le tissu humide.

C'était son torse, donc.

— Pas grave, tant pis, les dégâts collatéraux ne sont pas pris en compte, ai-je raillé.

Mais prise de pitié à l'idée que mon pauvre Raph soit contraint de passer tout un vol avec un tee-shirt aromatisé au champagne, j'ai finalement soulevé un pan de ma veste. Le plus discrètement possible.

— Coucou, a-t-il fait en croisant mon regard.

Puis, content de lui :

— J'ai gagné, du coup ?

Sur son vêtement trônait une serviette soigneusement humidifiée. Il m'avait eue. J'ai frappé son épaule en retirant la veste :

— Eh, non mais, tu as triché !

— Moi ? Absolument pas…

J'ai soupiré contre cette injustice flagrante.

— Allez, qu'on en finisse, ai-je soupiré, c'est quoi mon gage ?

Je m'attendais à devoir embrasser un steward, à crier au secours en feignant de m'être enfermée dans les toilettes ou à traverser toute l'allée à cloche-pied.

— Que tu jettes un œil par le hublot.

J'ai esquissé une moue désagréablement surprise. Il exagérait, il savait à quel point je n'aimais pas l'avion. Ce n'était pas risible, la trouille me tordait l'estomac depuis le décollage ; comment faisait-il pour ne pas s'en rendre compte ? J'aurais préféré cent fois me jeter au cou du steward. Sans compter que ce dernier était vraiment pas mal.

— Un pari est un pari, un gage est un gage, a-t-il rappelé devant mon hésitation. On va le faire ensemble, d'accord ?

J'ai regardé la paume qu'il me tendait, j'ai posé ma main au creux de la sienne et j'ai inspiré en me tournant du côté de l'ouverture.

Magnifiés par la lumière du petit matin, les champs que nous survolions semblaient cousus de fil d'or. Déjà, on apercevait la côte et les vagues scintillantes léchant le bord de mer.

Il a lâché :

— C'est beau, hein ?

C'était splendide.

Sans cesser de regarder au-dehors pour ne rien perdre du spectacle, j'ai posé ma tête sur son épaule. À quelques centimètres de moi, le visage de Raph irradiait du même éclat que le ciel.

Soudain, je n'ai plus eu peur de l'avion, je ne craignais plus que l'appareil se décroche ou qu'il soit balayé par un coup de vent. Je me suis sentie invincible.

— Je n'ai jamais rien vu d'aussi beau, ai-je avoué.

— Ce n'est que le début.

— Le début ? ai-je répété, déconcertée.

— Excusez-moi de vous déranger, est intervenue une des hôtesses, puis-je prendre votre commande pour le repas ?

Chamboulée par ce que j'étais en train de vivre, pétrie de questions sur ce que pouvait signifier tout ça, je me suis entendue répondre un plat au hasard.

« Ce n'est que le début. »

Le début…

– 7 –

Maintenant.

C'est un petit sac noir en similicuir, très ordinaire, le genre qui ne paye pas de mine. Je l'avais acheté au marché l'an dernier pour dix euros. Le retrouver dans cette foule dingue et ce bateau gigantesque ne va pas être de la tarte. Et encore, dans le cas où il serait sur le bateau. La pensée qu'il puisse se trouver ailleurs que sur le *King of the Seas* me terrorise, le sol se dérobe sous mes pieds quand je songe qu'il pourrait être n'importe où ailleurs. J'ai beau chercher dans mes souvenirs, je ne me rappelle absolument pas m'en être séparée. Et si on me l'avait volé ? Et s'il était tombé dans l'eau ? Et si, et si ? C'est un cauchemar… Mon sac… Sans lui, je suis nue, perdue, orpheline. Ce sac, c'est tout ce que j'ai.

Mais je m'interdis de repleurer, ce n'est plus le moment de m'apitoyer sur mon sort. J'essuie les larmes qui recommencent à affluer, je bombe la poitrine, lève la tête, puise le peu de courage qu'il me reste au fond du cœur et qui se dissimule derrière une grosse couche de désespoir.

Je veux retrouver mon sac. C'est presque une question de survie.

Non, pas presque.

Presque, signifie qu'on peut faire sans.

Presque, c'est quand on peut éventuellement s'arranger.

Là, il n'y a pas d'alternative. Ce sac, je le retrouverai, coûte que coûte. Si je dois retourner le bateau, je le ferai, je le jure. Je ne serai pas cette *looseuse* que tout mon entourage attend. Je réussirai, je me le promets, ils verront.

Je déclare donc la phase d'exploration ouverte. J'entame ma mission en serpentant entre les allées surchargées de transats, jetant l'air de rien des coups d'œil appuyés sur les sacs que je trouve sur mon passage, soulevant parfois du bout des doigts des chapeaux et des coins de serviette pour voir ce qui se cache dessous, examinant les sols, les coins, les recoins.

Mais rien, mon sac n'est pas là. Ce n'est pas grave, il me reste encore plusieurs milliers de mètres carrés à inspecter et une sacrée dose de volonté. Parce que oui, j'ai beau être une perdante de première catégorie, je suis une perdante volontaire et pugnace. Ne cherchez pas, c'est un concept. Le défaut de mes qualités en quelque sorte.

Je finis par retourner au point de rendez-vous où Jaya m'attend déjà, bras croisés, sourcils sévères, mine un peu renfrognée. Dès qu'il m'aperçoit, il se déride. Mais c'est subtil : Jaya n'est pas du genre très expansif. Une joue qui se relève d'un ou deux millimètres, un œil qui frise, des cils qui frémissent, c'est là tout ce que Jaya peut donner quand il se détend.

— Alors ? lui demandé-je, pleine de l'espoir de pouvoir au moins évacuer l'un de mes deux problèmes.

— Je t'emmène voir une personne.

— Qui ça ?

— Une personne qui va peut-être trouver moyen que tu restes sur le bateau.

Sans plus d'explications, Jaya tourne les talons et m'invite à le suivre. Je n'en saurai donc pas plus pour le moment. Je retiens la volée de questions qui m'étouffent et lui emboîte le pas en silence, tout en poursuivant mes recherches à la dérobée, scrutant chaque centimètre et priant pour tomber sur mon sac.

Ascenseur, enchevêtrement de couloirs, re-ascenseur, re-couloirs, nous arpentons le paquebot pendant un temps infini. Après plusieurs détours, nous sortons des espaces réservés aux croisiéristes pour pénétrer dans les entrailles du *King of the Seas* où s'activent une armée d'employés. Des halls plus sobres, des bureaux, des pas rapides, un imbroglio de langues différentes et des regards méfiants. Ma mine de déterrée paraît n'inspirer qu'une confiance relative aux gens que nous croisons. Comment leur tenir rigueur du peu de chaleur qu'ils me témoignent et des œillades intriguées qu'ils me lancent ? Je n'ai rien à faire là, au milieu de leurs uniformes, de leurs badges et de leur professionnalisme guindé. Je suis une intruse.

— C'est là, m'annonce tout à coup Jaya en s'immobilisant devant une porte close sur laquelle est inscrite : *« Staff Manager »*.

Je suis sceptique.

— Tu m'envoies chez le chef du personnel ?

— Ne t'inquiète pas, elle t'attend…

— Non mais ce n'est pas ça, c'est juste que…

Il se retourne sans attendre la fin de mes récriminations et s'apprête à toquer quand il se ravise.

— Tu te rappelles ? C'est ça ou police.

Je déglutis pour ravaler mes protestations et acquiesce.

Toc toc.

Toc toc, le poing de Jaya sur la porte.

Toc toc, les battements de mon cœur qui pulsent jusqu'à mes orteils.

Une voix, rauque et féminine, lance un « *Come in* » sec, aussi avenant qu'une claque dans la figure. Je me liquéfie. Jaya pose une main sur mon épaule et murmure :

— Je t'attends là. Ça va se passer super, d'accord ?

J'avale ma salive tout en essayant de contenir la tension qui fermente au fond de mon ventre.

Ouais, d'accord, je préférerais nettement être à ta place.

Jaya ouvre la porte. Mon sang se fige dans mes tempes, ma gorge se noue et mes pieds n'avancent plus que par l'opération du Saint-Esprit. J'ai la sensation de jouer ma vie. Dans ma tête tournent en boucle les paroles de mon ami, le pizzaïolo pakistanais : « C'est ça ou police ».

Si quelqu'un m'avait dit hier que je deviendrais une hors-la-loi, je ne l'aurais jamais cru. La vie est quand même bizarrement fichue.

Une pièce longue, très grande. Un hublot minuscule en haut, à droite. Un halogène agressif et quelques spots çà et là. Des étagères en veux-tu en voilà. Un énorme trombinoscope en guise de papier peint sur les murs, où chaque employé est rangé par service et chaque service par ordre d'apparition devant le croisiériste lambda.

Elle, elle est là, assise derrière son bureau, embusquée derrière cinq piles de dossiers aussi hautes que moi. Elle ne vient pas à ma rencontre, mais elle se lève et me tend la main avec l'enthousiasme d'un falafel :

— Mary O'Brian, *Staff Manager.*

— Manon Vignolle, euh, touriste clandestine.

N'importe quoi… niveau entrée en matière ridicule, je me pose là. Pourquoi ne me suis-je pas contentée de donner mon nom ? Pourquoi faut-il toujours que j'en fasse des tonnes ? Je peste intérieurement contre moi-même et mon incapacité chronique à être juste « normale », tandis qu'en face de moi Mary O-Brian arque furtivement ses sourcils habilement dessinés. Sa main est froide, à la fois molle et dure dans un mélange tout à fait déroutant.

— Française ?

— Oui. Et vous ?

À ses pupilles qui s'obscurcissent aussitôt et au mouvement de recul qu'elle amorce, je comprends que j'ai encore gaffé. Le « et vous » n'était pas obligatoire. Le stress est en train de me rendre dingue.

— Je viens d'Irlande, mais ce n'est pas le propos, mademoiselle.

Elle me toise et, malgré sa frêle stature et sa petite taille que je dépasse presque d'une tête, je me sens minuscule. Entre son français impeccable et son allure élégante, elle en impose drôlement. Je me fais l'effet d'un mollusque à côté d'une sirène.

Elle s'éclaircit la voix d'une toux légère.

— Asseyez-vous, je vous prie.

Ce n'est pas une invitation, c'est un ordre. Dans une autre vie, cette femme devait être Jules César. Voire Genghis Khan.

J'obéis. Elle reste debout. Ça sent la technique d'intimidation. Finalement, l'option police, requins dans l'Atlantique et fin du monde me paraît plutôt acceptable. Je me prends soudain à détester Jaya et son idée malvenue qui m'a conduite dans le bureau – l'antre – d'un empereur sanguinaire.

— Café ?

Je suis surprise : se pourrait-il qu'une once d'humanité soit camouflée sous cette impeccable veste de tailleur ? Je bégaye un « oui » timide. Mary O'Brian presse un bouton situé sur une des appliques murales et, aussitôt, un jeune homme apparaît. Petite vingtaine, silhouette ronde, regard bovin.

— *A cup of coffee and one Perrier, please.*

Il sort et revient moins de trente secondes plus tard avec la commande. Repart je ne sais où, en dépit de son air intrigué qui témoigne qu'il aurait bien aimé assister à ma mise à mort. Un éclair d'intérêt pataugeant au milieu d'un museau incroyablement inexpressif, une amorce de quelque chose, un interlude entre deux vides intersidéraux.

Bref, il n'est plus là et le silence s'abîme dans le pétillement des bulles translucides du Perrier remontant à la surface. Mes doigts se tordent instinctivement. Mon stress est à son paroxysme. Je ne sais pas du tout ce qui m'attend. Va-t-elle me dévorer ? me jeter dans un cachot infesté de rats ? À ce stade, tout est possible.

La chef du personnel retire la rondelle de citron dont *monsieur Bovin* avait cru bon de tapisser le verre, puis elle porte le Perrier à ses lèvres. Une trace de gloss s'imprime instantanément sur les bords. Le temps s'étire, mon café fume, et je tremble. Je n'ose pas prendre ma tasse tant je crains de la renverser.

— Bien, commence-t-elle enfin en s'adossant contre une photocopieuse. Vous savez que vous n'avez pas le droit d'être ici ?

Non, sans blague… Sa phrase restée en suspens n'appelle aucune réponse. Elle poursuit pendant que la photocopieuse gémit une plainte de plastique.

— Je pourrais appeler la police et vous faire débarquer sur-le-champ.

Quand même, sa maîtrise du français m'en bouche un coin. Où a-t-elle pu l'apprendre ? Quand je compare avec mes huit années passées à réciter des dialogues en anglais au collège et au lycée, ça complexe.

— Mademoiselle, vous m'écoutez ?

Oui, oui, évidemment que je l'écoute, c'est de ma vie qu'il est question. Je me résous à attraper mon café, histoire de me donner une contenance et de focaliser mon attention sur ce qu'elle me raconte. Mary se détache de l'énorme copieur et avance vers moi. Les glaçons cognent contre la paroi de son verre, les bulles gazouillent.

— Mais cela risquerait de ralentir la croisière et de créer un incident. Ce que nous ne voulons pas. Il n'est donc ni dans notre intérêt ni dans le vôtre que les choses se passent de cette manière. D'un autre côté, vous comprendrez que notre compagnie ne peut pas tolérer un passager clandestin à son bord. Sinon, ce serait la porte ouverte…

— … à toutes les fenêtres.

— Je vous demande pardon ?

— Non, c'est une expression, la porte ouverte à toutes les fenêtres…

Elle tique, je me ratatine.

— Et cela signifie ? demande-t-elle en retroussant son nez.

Je m'enfonce dans mon siège, bredouille un misérable :

— Rien du tout.

Elle soulève un sourcil, un seul, et soupire ostensiblement :

— Écoutez, je ne vais pas y aller par quatre chemins, j'ai un arrangement à vous proposer.

Je pose la tasse. Nous y sommes.

— Vous travaillez pour nous en échange d'une cabine et du couvert. Nous avons ponctuellement besoin de renfort sur certains postes. Il s'agira de remplacer le personnel absent. Vous serez en quelque sorte employée volante.

— « Volante » ?

— Oui, volante. En d'autres termes, vous serez affectée au jour le jour en fonction des nécessités de service.

— Je serai payée ?

— N'exagérez pas. Votre gratitude suffira à notre compagnie.

— D'accord.

— Évidemment, tout ça doit rester entre nous, notre compagnie n'est pas une œuvre de charité. Quelqu'un d'autre est-il au courant à part M. Jayakrishnan ?

— Non.

— Très bien. Ceci constitue donc une affaire entre lui, vous, moi… et le capitaine.

— Le capitaine ? Mais c'est un peu la rock star du bateau ! m'exclamé-je pour détendre l'atmosphère et amadouer la chef du personnel, tout en chassant de mes pensées que « ceci constitue donc une affaire » est une sacrée belle tournure de phrase.

Si je fouillais dans le crâne coincé sous ce chignon, je suis sûre que j'y trouverai des pages de dictionnaire anglais-français.

— Le capitaine n'est pas une « rock star » comme vous dites, réplique-t-elle avec une mine se situant entre le dégoût et le désenchantement. Il est seul maître à bord. Je suggère, il décide. C'est aussi simple que ça.

Mary O'Brian pose le verre de Perrier sur le bureau et s'assied sur son fauteuil en prenant soin de décaler les énormes dossiers qui nous séparent et lui obstruent la vue. Là, elle saisit un porte-document qu'elle ouvre devant moi.

— Votre contrat. J'ai pris la liberté d'y ajouter une close de confidentialité. Il vous suffit d'indiquer vos nom et prénom sur la première page, d'apposer vos initiales sur les douze pages suivantes et de dater et signer la dernière feuille. Voulez-vous que je vous laisse quelques minutes pour le parcourir ?

— Pas la peine, ça ira.

Je signe, je scelle mon destin, tout en pensant que la compagnie qui détient le *King of the Seas* est d'une redoutable rapidité pour gérer ses affaires. Si tout est à l'avenant, ça promet. Ce qui est certain, c'est que ça va me changer du bar de Fred. Fini les clés déposées à la va-vite sous un pot de fleurs.

— Je commence quand ?

— Quel était votre métier avant cette incartade ?

Non, mais sérieusement ? Elle a vraiment dit « incartade » ?

— J'étais serveuse dans un bar, près du chantier.

— Ce sera une entrée en matière parfaite. Je vais vous présenter Jeryll, il s'occupe du bar de la piscine principale, sur le pont 1. Il vous formera. Il travaille depuis très longtemps au sein de notre compagnie et connaît tous les arcanes du métier…

Fsss, fsss, chantent les pages de son dictionnaire bilingue intracrânien. « Les arcanes », sérieusement, qui parle encore comme ça dans la vraie vie ? On est d'accord que c'est inouï ? Ou bien c'est moi qui suis à côté de mes Converse ?

— … préparer votre badge et votre carte professionnelle. Vous aurez également un talkie-walkie. Je tiendrai le tout à votre disposition en fin d'après-midi.

— Un talkie ?

— Eh bien oui, lâche-t-elle en haussant les épaules à la manière de celle qui énonce une évidence, vous êtes une « volante », il faut qu'on puisse vous prévenir de vos missions.

Logique. Imparable.

— Je peux vous poser une question ?

— Je vous en prie, dit-elle en se remettant debout et en tapotant sa bouche avec une serviette en papier.

— Vous avez un bureau des objets trouvés sur le bateau ?

— Ah oui, M. Jayakrishnan m'a prévenue pour votre sac et vos papiers… Jeryll vous y conduira, mais plutôt en fin de journée, le temps que le personnel fasse un premier tour du bateau. Il serait bon que vous retrouviez vos affaires avant de débarquer à New York ; cela vous éviterait des désagréments administratifs importants.

Tous ces jolis mots prononcés avec cet accent subtil me donnent le tournis. Dans ma tête résonne la voix haut perchée de mon professeur d'anglais du collège Youri Gagarine, Mme Capelier, qu'il fallait appeler Kapeuliwwr pour lui donner l'illusion d'être une anglophone du cru alors qu'il était de notoriété publique qu'elle venait du fin fond de la Bourgogne. *Isn't it ?*

La porte du bureau se referme sur moi.

— Alors ? demande Jaya sitôt que j'apparais dans son champ de vision.

— Elle est pas commode mais c'est bon. Je reste. J'attends un barman.

Son visage s'habille d'un sourire délicat.

— *Welcome on board* !

Ouais, *welcome on board*…

Raph, je n'ai pas dit mon dernier mot, tu risques d'être surpris…

– 8 –

Avant.

New York, sa frénésie, sa circulation, ses lumières, ses quartiers mythiques, ses noms qui ont toujours fait vibrer mon imagination, enfin là, accessibles, devant moi. Manhattan, Brooklyn, Chinatown, Central Park, l'Empire State Building, la Statue de la Liberté… et Raph, près de moi, les yeux brillants devant cette effervescence, heureux de retrouver cette ville qu'il avait tant aimée.

Dans le taxi qui nous emportait à l'hôtel, Raph était intarissable ; il semblait tout connaître, il commentait chaque lieu que nous traversions avec un enthousiasme débordant. Et moi, j'en prenais plein les mirettes. J'avais le plus grand mal à réaliser que nous étions là où nous étions.

Quand il ne commentait pas, Raph discutait avec le chauffeur de taxi. En français s'il vous plaît, ce dernier étant Haïtien.

Grisée par la fatigue, la joie et la conversation de Raph avec le chauffeur, je dodelinais de la tête en suivant le rythme de la musique qui se répandait dans l'habitacle. L'espace d'un instant, je me suis imaginée dans un clip, quand une comédienne apparaît derrière la vitre d'une voiture, la figure mystique, le minois inspiré et le brushing irréprochable, les kilomètres et les réverbères se reflétant dans ses yeux qui ne voient que ses souvenirs. J'étais cette jeune femme sexy en diable, mélancolique et promise à une vie nouvelle. La classe.

La veille, je comptais l'argent de la caisse du bar de Fred. Quelques heures plus tard, je roulais sur la Cinquième avenue. La vie est pleine de surprises…

Alors, j'ai pris une décision : celle de ne plus me poser la moindre question sur ma présence ici et de profiter du moment. Juste profiter du présent, ce qui n'est pas une sinécure pour la névrosée que je suis, toujours en train de me torturer l'esprit avec des interrogations, à chercher des raisons, un sens, à fouiller dans le passé, à prédire l'avenir. Mais pas cette fois. Non, cette fois, je profiterais, et peu importe ce que le futur nous opposerait.

Comme pour me donner raison – ou pour me contrarier, allez savoir –, les premières notes d'*I got you babe* ont résonné. Mon compagnon de voyage s'est aussitôt redressé. J'ai poussé un cri hystérique s'apparentant à un « Hiiiiiii » ou à un « Yeaaaaaah ». À moins que ce ne soit plutôt un « Ouaiiiiis » ou un « Trooooop bieeeennnn »…

— Vous pouvez mettre plus fort ? a demandé Raph.

L'autre a monté le volume, Sonny et Cher ont pris possession du taxi, écrabouillant au passage mes bonnes résolutions de ne pas tirer de plans sur la comète. Comment ne pas voir un signe du destin dans le fait de tomber sur notre chanson à l'autre bout du monde ?

They say we're young and we don't know
We won't find out until we grow
Well I don't know if all that's true
'Cause you got me, and baby I got you

Babe
I got you babe
I got you babe

Le chauffeur s'est mis à chanter à tue-tête, Raph l'a suivi sans hésitation. Alors j'ai moi aussi donné de la voix. Et c'est ainsi que nous avons traversé New York, en braillant des *I got you babe*, d'une justesse assez contestable mais dans une indescriptible allégresse. On ne peut pas tout avoir.

Raph avait trouvé une sorte de palace discret et élégant où chaque chambre représentait un des sept pêchés capitaux. La décoration était à la fois surprenante et de très bon goût, ni trop ni trop peu, l'équilibre parfait entre confort et raffinement. Il a hérité d'une chambre « Orgueil », et moi, d'une chambre « Paresse ». Dans « Orgueil », un tableau évoquant la vue d'un bureau en haut d'une tour trônait au-dessus du lit, des médailles et des coupes s'ordonnaient dans des armoires vitrées, des miroirs disposés çà et là renvoyaient au mégalomane de multiples reflets de sa suffisance. Dans « Paresse », c'était différent.

Un cliché sépia représentant une femme de dos, nonchalamment allongée dans une baignoire, surmontait le lit ; lit sur lequel une dizaine de coussins donnaient une envie folle de s'y laisser mourir. Sobre, imagé, parfait, tout dans la mesure. Évidemment, nous pouffions en pensant à ce que pouvait renfermer la chambre « Luxure ». Nous avons d'ailleurs émis un certain nombre d'hypothèses à ce sujet.

Lui : « Un porte-jarretelle collé sur un fauteuil. »

Moi : « Une compil de Barry White et de Marvin Gaye. »

Lui : « Un distributeur de préservatifs dans la salle de bains. »

Moi : « De l'huile de massage à base d'Ylang Ylang. »

Lui : « Une poupée gonflable dans le placard. »

Moi : « Un pénis dessiné sur la tête de lit. »

Il a écarquillé les yeux. Mes joues sont devenues cramoisies. Je m'étais quelque peu laissé emporter.

— Et si tu demandais à aller voir ? Comme ça, on saurait…

— T'es dingue ? ai-je fait, encore rouge pivoine de la sortie que je venais de faire.

— On s'en fiche, c'est drôle.

— Et pourquoi c'est pas toi qui demanderais ?

— Parce que toi, t'es pas cap.

— « Pas cap »… on n'a plus 10 ans, je te rappelle.

— Ouais, mais t'es pas cap quand même. T'es trop… coincée…

— Coincée ?

Moi ? Coincée ? Non, mais franchement, c'était plus que vexant.

Je ne suis pas coincée. Certes, je rougis vite, je me trouble rapidement, je suis timide, pudique à la limite. Mais coincée, non. Il allait voir ce qu'il allait voir. Et hop, sans plus attendre, je l'ai entraîné à la réception où j'ai pris mon plus bel accent pour énoncer :

— *Please, lust room. Possible* ?

J'avais prononcé cette demande à voix basse. Quelques personnes qui patientaient dans le lobby se sont tournées dans ma direction. Mes joues flambaient. Et plus je pensais à l'envahissant rubicond, plus je sentais ma peau s'échauffer. Raph se tenait à une distance savamment étudiée : pas trop loin pour ne rien louper, pas trop près pour ne pas être tenté de m'aider.

Le réceptionniste guindé qui nous avait accueillis un peu plus tôt a planté ses pupilles dans les miennes. Mes moyens se faisaient la malle. J'ai bégayé :

— *Lust room.*

Il a secoué la tête en signe d'incompréhension. J'étais au plus mal, mon accent ne pouvait pas être aussi mauvais…

— Leeeuuuust wroum, ai-je balbutié. Pliiiiiiiiise.

Ce n'était plus une demande, c'était une prière.

— *Lust room* ? a-t-il finalement répété dans un volume qui m'a paru atrocement fort.

Derrière nous, un adolescent a ricané pendant que sa mère, visiblement outrée, me torpillait en silence. Raph, qui se retenait d'exploser, redressait son pouce en signe de : « C'est top, ne change rien. »

L'homme a pianoté sur son clavier pour programmer une carte magnétique avant de sortir de son guichet. Puis, dans un sourire, il a lancé, en forçant sur les quatre dernières syllabes, comme pour m'achever :

— *Follow me to the Lust Room.*

Au summum de ma « malaisitude », je sentais les regards des clients peser sur ma nuque.

— Alors là, bravo, tu m'as tué, a chuchoté Raph dans l'ascenseur en esquissant une sorte de révérence. Et puis cet accent de folie, « Leeeuuuust wroum », franchement, du haut niveau, du très très haut niveau.

J'ai lancé un regard acide à Raph, il a pouffé et je n'ai pas pu résister plus longtemps. C'était pareil lorsque nous étions enfants : le rire de l'un déteignait aussitôt sur l'autre.

Parvenu à l'étage voulu, l'impassible réceptionniste nous a ouvert la porte de la chambre « Luxure » pour nous inviter à entrer. Et là, le choc.

— On est d'accord que c'est hyper décevant ? a lâché Raph.

— Ouais, y a même pas une bougie au gingembre… ai-je répondu en examinant la table de nuit.

— Pas de déguisement dans le placard…

— Et je ne détecte la présence d'aucun exemplaire de *50 nuances de Grey* à moins d'un kilomètre…

Nous avons ri. Resté près de la porte, le réceptionniste s'impatientait.

— Je crois qu'il est temps de regagner « Paresse » et « Orgueil », a murmuré Raph en avisant l'employé et en me gratifiant d'un clin d'œil.

Puis, s'adressant à lui :

— *Thank you for the Leeeuuuust wroum* !

— Hé, mais non mais euh mais bon ! ai-je protesté avec une outrance forcée alors que notre complicité me réchauffait le cœur.

Le voyage ne faisait que commencer…

– 9 –

Maintenant.

Jaya est parti vaquer à ses occupations. Une commande urgente de pizzas ananas-poireaux à ce que j'ai compris. Je suis donc seule devant le bureau de Mary O'Brian quand un homme me rejoint.

— Vous êtes la stagiaire ?

J'opine. Il me tend une main joviale :

— Jeryll, enchanté ! Comment ça va ?

Je souris poliment.

— Ça va, merci.

Oui, ça-va-merci, si on excepte le fait que je viens d'échapper de peu à la prison et que je me retrouve corvéable à merci sur le plus grand paquebot du monde. J'ai mal au crâne quand je pense à toutes les cabines et les couloirs que je vais devoir arpenter durant cette traversée.

— Prête à entrer dans la famille ?

— La famille ?

— Eh bien oui, nous sommes une grande famille de près de deux mille personnes pour faire marcher ce bateau.

— Ah quand même…

— Ça fait du monde, pas vrai ?

Il bombe le torse, fier. L'échange ne va pas plus loin, la porte s'ouvre sur Mary O'Brian.

— Je vois que vous avez fait connaissance… Très bien… Jeryll, vous me la renvoyez vers 17 heures.

— Oui, chef ! s'exclame-t-il en claquant les talons à la manière d'un soldat.

Elle souffle, agacée :

— Jeryll…

— Mary…

Je les observe, éberluée par cet échange bizarre entre cette petite femme sèche au chignon tendu et ce grand homme métis, au regard doux et enjoué, à la coupe afro. Mais je garde mes interrogations pour moi et remballe ma curiosité mal placée au fond de ma poche. Après tout, la liste de mes problèmes est déjà conséquente, j'ai assez à faire avec mes propres questionnements existentiels.

J'entame la visite du bateau à ses côtés. Il me présente chaque employé que nous croisons. Aucun prénom, aucune fonction ne semblent avoir de secrets pour lui. Il me donne l'impression d'avoir avalé le trombinoscope du bureau de Mary.

« Tiago, électricien. »

« Pierrette, femme de chambre. »

« Justin, médecin. »

« Lisbeth, vice-championne du monde de nage synchronisée. »

« Francesca, chef pâtissière (elle fait les meilleurs tiramisus du monde, il faudra que tu les goûtes, ils sont à tomber !) »

« James, jardinier paysagiste. »

« Aton et Yamanu, les jumeaux patineurs. »

— Patineurs ? Tu veux dire qu'il y a une patinoire sur ce bateau ?

— Ça en jette, hein ?

« Delphine, hôtesse d'accueil. »

« Ted, chef de rang sur le restaurant la Belle bleue, secrètement dingue de Delphine. »

— Secrètement ?

— Il ne faut pas lui dire que tout le bateau est au courant…

— Je vois.

— Attention, droit devant, le Magic Génie… On se tient droite, on fait bonne figure et on évite les sourires avec les dents.

— Quoi ?

— Il n'aime pas les dents. Il fait une fixette sur la dentition.

Je me redresse instinctivement, ferme la bouche et souris – ou grimace, c'est difficile à dire. Le petit homme blond et joufflu nous dépasse en nous honorant d'un signe de tête pincé et discret.

— C'est le concierge en chef, m'explique Jeryll après le passage du « Magic Génie », il travaille avec les passagers des premières classes. Une envie de chamallow, un bobo, une lubie, le Magic Génie accourt et fait en sorte de réaliser vos rêves les plus fous…

— Rien que ça…

— Et plus encore…

— Je ne suis pas certaine d'avoir envie de savoir.

Nous reprenons notre route, et la liste s'allonge :

« Ahmed, comptable. »

« Chiyo, coiffeuse. »

« Lucius, travaille à la laverie. » Etc.

Trop de noms, trop de fonctions, impossible de tout retenir. Je renonce.

Nous quittons l'atmosphère feutrée de l'intérieur du bateau et parvenons enfin sur un des ponts. L'air frais me fait du bien, la lumière du jour commençait à me manquer. Jeryll et moi glissons derrière le comptoir du bar jouxtant le plus grand des jacuzzis.

— Nous y sommes, c'est ici que j'œuvre.

Je hoche la tête devant les bouteilles qui s'étagent par centaines au-dessus de moi. À côté, le bar de Fred fait pâle figure. Soudain, j'entends des cris d'enfants. Je me retourne et aperçois deux gamins en train de se courir après.

Une fille, un garçon. 12 ans à tout casser.

Raph et moi.

Quelque chose gonfle dans ma poitrine.

— C'est un beau tatouage que tu as là, me dit brusquement Jeryll.

Je tourne la tête vers lui. Le temps que je le remercie, les deux gamins se sont dissous dans la foule.

– 10 –

Avant.

— Tadaaaaaa ! s'est exclamé Raph en faisant irruption dans ma chambre.

Il a ajouté, en brandissant deux billets devant mon nez :

— On part dans une minute !

Je m'apprêtais à saisir les tickets mais il les avait déjà remisés dans sa poche. Je l'ai regardé avec des yeux ronds.

— Et on va où ?

— Assister à l'événement de l'année !

— Je me change ?

— Pas le temps !

J'ai passé en revue mon jean, mon tee-shirt blanc ainsi que mes Converse et j'ai haussé les épaules, dubitative.

— T'es sûr ?

Il m'a examinée une seconde rapidement puis a conclu :

— Tu es parfaite ! On est partis !

Et Raph m'a tirée en dehors de la chambre. Nous avons sauté dans un taxi et, avec des airs mystérieux, il a tendu le billet au chauffeur, tout en prenant soin de poser un index sur ses lèvres pour l'inviter à ne donner aucun indice sur notre destination.

— On y est ! a-t-il fait quand la voiture s'est immobilisée.

— Un concert ? ai-je demandé en voyant l'immense construction qui se tenait devant nous.

— Mieux que ça…

J'ai scruté les alentours, lorgné les agents de sécurité, analysé la foule qui se pressait devant les portiques.

— Une compétition ?

— Tu chauffes…

— Du hockey ?

— Non, pas du hockey…

À nouveau, j'ai zieuté les abords de l'espèce de grosse bulle métallique. Tout à coup, un flash.

— Du catch !

— Bingo !

— J'y crois pas…

Le catch et nous, c'est une grande histoire. Enfin, disons plutôt que c'est une longue, très longue histoire. Ça a commencé lorsque nous avions 12 ans. Je me rappelle, c'était un dimanche pluvieux. D'ordinaire, nous passions ce genre de dimanches chez moi : la mère de Raph, institutrice, avait un problème avec le bruit et préférait nous voir trempés et dehors, plutôt qu'au sec et chez elle. Relégués dans ma maison, nous jouions donc aux cartes ou à *Shopping folies*, un jeu de société moyennement fun qui consistait à acheter le plus d'objets possibles. À ce propos, je dois d'ailleurs avouer que Raph acceptait de bonne grâce de jouer à ce jeu qui m'avait été offert à Noël par une vieille tante. Celle-ci croyait ainsi m'ouvrir aux joies du shopping, elle qui désespérait de ne voir en moi qu'un garçon manqué.

Bref, le dimanche quand il pleuvait, c'était cartes ou *Shopping Folies* chez moi. Mais pas ce dimanche-là. Les cartes avaient été dévorées par Nounours, mon labrador, et les piles fatiguées de la console parlante de *Shopping folies* conféraient aux paroles de cette dernière une lenteur effrayante. Ne sachant pas trop comment occuper notre journée, nous avons allumé la télévision, zappé, trouvé tout nul, avant de tomber sur une émission consacrée au catch, diffusée sur Canal +. Des types vêtus de costumes farfelus s'agrippaient les uns aux autres, se donnaient des coups et se lançaient sur les cordes du ring pour mieux rebondir sur leur adversaire, tout ça dans une mise en scène hystérique et très efficace.

Raph était subjugué. Et j'étais subjuguée de voir Raph aussi intéressé.

C'est comme ça qu'un nouveau rituel s'est ajouté à la liste de nos habitudes : celui de nous coller devant la télévision tous les dimanches après-midi, de 15 h 30 à 17 h, à manger des popcorns en commentant les prises et les actions ou en les mimant. Les mêmes personnages revenaient à chaque fois, et nous suivions leur évolution et leurs combats à la manière d'une série télé. Je n'étais pas fan de catch, mais ces moments partagés avec Raph étaient précieux. Pour rien au monde, je ne lui aurais avoué que le catch n'était pas mon truc, je craignais qu'il se désintéresse de moi s'il réalisait que nos goûts différaient. Même à l'âge adulte, j'ai gardé pour moi cette petite cachotterie, si bien que Raph a toujours été persuadé que j'étais la plus grande admiratrice de catch de la terre. Sauf que non.

Raph s'était donc débrouillé pour avoir des billets pour la compétition de catch qui se tenait alors à New York.

Il m'a décoché un clin d'œil taquin.

— Alors, heureuse ?

— Carrément ! Ça va être génial !

Un tout petit mensonge pour ne pas doucher un si gros paquet d'enthousiasme, ce n'était pas très cher payé. D'autant plus que je me doutais que ces billets avaient dû lui coûter une petite fortune et pas mal d'énergie.

Nous avons passé les portiques, acheté deux sodas aussi grands que la Tour Eiffel, deux hot dogs plus grands encore que les sodas – et donc plus grands que la Tour Eiffel – et nous avons pénétré dans une immense salle, pleine à craquer de gens survoltés, de sodas plus grands que la Tour Eiffel et de hot dogs plus grands les sodas. Tout me semblait gigantesque. Nous nous sommes installés à nos places. Il a aspiré une gorgée de Coca par la paille avant de déclamer, en jetant sa main par-dessus la tête du type devant nous, manquant au passage de lui envoyer un bout de saucisse sur la visière de sa casquette :

— Regarde la bannière au-dessus du ring.

Je me suis assurée par réflexe de la stabilité des cinq saucisses qui baignaient allègrement dans le ketchup de mon sandwich et j'ai lu :

— C'est écrit… « *All Stars* »…

— Tu sais ce que ça veut dire ?

J'ai secoué la tête, désolée de ne pas pouvoir apporter de l'eau au moulin de son exaltation. Lui trépignait :

— Ça veut dire qu'aujourd'hui, c'est un combat très spécial. HBK, Jericho, Le Rock, The Undertaker… Ça t'évoque quelque chose ?

Bien sûr que ces noms-là m'évoquaient quelque chose. C'était toute notre enfance. The Undertaker, notamment, m'avait fait forte impression à l'époque. Espèce de chevelu venu de la Vallée de la Mort, il avait pour manie d'enfermer ses adversaires vaincus dans des cercueils ou de maudire ses détracteurs sur mille générations en hurlant dans un micro. Très très explicite.

— T'es sérieux ? C'est eux qu'on est venus voir ?

— Eh ouais… comme au bon vieux temps…

J'étais touchée. Que Raph ait pu se battre pour se procurer des billets afin qu'on puisse revivre notre jeunesse me chamboulait. À tel point que les mots restaient coincés au fond de ma gorge.

— Alors, ça te fait plaisir ? m'a-t-il demandé, soudain inquiet de mon manque de réaction.

Bien sûr que ça me faisait plaisir, non pas parce qu'il nous avait dégoté des places pour du catch – comme je le disais, le catch n'était vraiment pas ma tasse de thé –, mais parce qu'il avait pris la peine de vouloir faire revivre ce souvenir commun. Comme une bulle de nostalgie qui n'appartiendrait qu'à nous.

Les larmes me montaient aux yeux, en même temps que les bulles de Coca dans mon œsophage. J'ai croqué dans un morceau de hot dog, et avalé de travers.

— Vachement…

Et c'était vrai.

Les projecteurs se sont brusquement animés, la foule s'est tue et les enceintes se sont mises à vibrer d'un rythme régulier. *Pom pom pom.* Le volume allait crescendo. *Pom pom pom.* Un solo de guitare électrique a donné le top départ. Un groupe de six danseuses survoltées a pris possession du ring sous les acclamations des spectateurs.

Musique à fond, short moulant sur cuisses galbées, débardeur limite brassière limite indécent limite trop petit sur seins limite trop gros, cheveux de folie en comparaison de ma tignasse plate. Raph était aux anges. Il a crié, par-dessus la musique :

— Je sens qu'on va s'éclater !

Tu m'étonnes…

— Ouais, fais gaffe à ton sandwich, le ketchup menace de laminer la casquette du type de devant.

— Tu dis quoi ? a-t-il hurlé en même temps.

— Je dis que… Non rien.

Les stars du catch faisaient leur entrée. Ils fendaient la foule sous les assauts des projecteurs braqués sur eux, chacun depuis un coin différent pour tous finalement se rejoindre au centre du ring. Les danseuses se sont éclipsées en sautillant, les catcheurs ont brandi leurs poings et la voix d'un commentateur a résonné dans toute la salle, entraînant les applaudissements et les vivats du public.

Il a appelé un à un ceux qu'il n'était manifestement plus nécessaire de présenter : toute l'assistance beuglait leur nom en chœur, les mimiques de chacun d'eux étaient reproduites dans des holas extraordinaires. À l'instar du gars à la casquette tachée de ketchup et de tous ceux qui nous entouraient, Raph s'égosillait et tapait du pied. Il jubilait. Et moi, je me suis calée dans mon siège, à vrai dire assez peu réceptive à l'engouement suscité par le spectacle des combats, et j'ai mordillé la paille plantée dans mon litre de Coca, prenant mon mal en patience. Après tout, ça faisait plaisir à Raph. Et si Raph était content, j'étais contente.

Au bout d'une vingtaine de minutes, il s'est tourné vers moi.

— Alors ? T'en penses quoi ?

— Très sympa, ai-je répondu en enlevant le reste de la paille de ma bouche.

Il m'a lancé un regard circonspect puis il a avalé le reste de son hot dog en une seule bouchée avant de se lever.

— Quoi ? ai-je fait, surprise.

Il a saisi mon bras doucement.

— Viens.

J'ai abandonné la moitié de mon sandwich et je me suis laissé entraîner à l'extérieur de la salle, à la fois heureuse d'avoir échappé à trois heures de combat et vaguement coupable d'avoir empêché Raph de savourer pleinement son moment.

– 11 –

Maintenant.

Je me mets sur le côté pour ne pas gêner les employés et j'observe. Le bar de la piscine principale du *King of the Seas* est une institution. Quant à Jeryll, il est l'institution de l'institution. Vêtu d'une chemise blanche floquée d'un écusson rouge à l'effigie de la compagnie et du bateau, il a un petit mot gentil pour tous les croisiéristes qui viennent réclamer à boire.

Une petite fille s'approche timidement et demande un jus d'orange, il agrémente le verre d'un petit parasol à paillettes et le lui tend en l'appelant « Princesse ». Un couple en lune de miel commande deux coupes de champagne ; Jeryll s'intéresse immédiatement à leur rencontre avant de leur conseiller avec douceur de prendre soin l'un de l'autre jusqu'à la fin. Un groupe de femmes âgées s'approchent ensuite et Jeryll fait mine de flirter avec chacune d'elles. Elles gloussent, heureuses, ravies d'être au centre des attentions de ce bel homme. Deux frères de 6 ou 7 ans se chamaillent parce que le plus jeune veut un cocktail rouge et l'autre un bleu et que les parents, qui se tiennent juste derrière, leur ont demandé de n'en prendre qu'un pour deux : le sucre est mauvais et pour leur santé, et pour leurs dents, et pour leur croissance, et pour leur cerveau, et que « vacances » ne signifie pas grand n'importe quoi, surtout quand on voit tous les bonbons qu'ils ont mangés depuis ce matin… La mère souffle, le père gronde, les gamins chougnent, l'aîné accusant le cadet d'être le chouchou, le cadet renvoyant de son côté son frère au fait que c'est toujours lui qui choisit pour les deux, la mère se fâche, le père lève les bras au ciel, les enfants gémissent, la famille est au bord de l'implosion quand Jeryll, tout sourire, leur présente un cocktail de sa composition, moitié rouge moitié bleu, qui met tout le monde d'accord.

Je note d'ailleurs qu'en dépit du fait que les croisiéristes ont pris possession du bateau quelques heures auparavant et que Jeryll, par conséquent, n'est apparu dans leur vie que depuis très peu de temps, ils sont déjà nombreux à venir lui parler. Ils se confient à lui avec une déconcertante facilité. Sans doute ont-ils perçu qu'il était un homme doué d'une écoute et d'une empathie hors du commun. Jeryll a cette capacité à faire en sorte que chaque personne se sente spéciale, et ce dans n'importe quelle langue.

L'après-midi se déroule ; Jeryll prépare, mélange, cause, bippe les cartes des passagers sans se départir de sa bonne humeur. De temps en temps, il se tourne vers moi, se soucie de mon bien-être, me propose à manger, s'excusant sans cesse de ne pas pouvoir m'accorder davantage de temps. Je réponds qu'il ne faut pas qu'il s'inquiète, que je ne m'ennuie pas, que je regarde la mer, la lumière qui glisse sur l'eau, les goélands qui s'ébattent et que ça me suffit. À vrai dire, la seule vision de cet homme et des sourires qui s'affichent sur les visages de ceux qu'il croise me fait du bien et m'apaise un peu.

Juste un peu. Parce qu'au fond, la boule d'angoisse nichée au creux de mon plexus ne me quitte pas. En réalité, je ne fais qu'attendre. Qu'il ait terminé, qu'il me raccompagne au bureau de Mary O'Brian et qu'il m'emmène au bureau des objets trouvés. Je ne pense qu'à ça, je ne peux pas détacher mes yeux très longtemps des sacs que portent les femmes.

Où est-il, ce fichu sac ?

J'envie tous ces gens, leur apparente insouciance me ramène à mes manquements et me rappelle combien tout, dans mon existence, est compliqué. Combien je suis douée pour les mauvais choix. Combien je suis dingue, parfois. Et combien j'ai peur de ne pas être à la hauteur, moi qui n'ai jamais été à la hauteur de rien du tout.

Tu as 29 ans, prends ta vie en main… Bla-bla-bla. Encore raté. J'en rirais presque si je n'étais pas si atterrée.

Enfin, le service de Jeryll s'achève. Alors qu'il débriefe avec le reste de l'équipe, je bondis sur mes pieds avec une rapidité qu'il prend à tort pour du soulagement.

— Tu veux bien me conduire au bureau des objets trouvés ?

Il coule vers moi un regard étonné.

— Tu as perdu quelque chose ?

— Mon sac, répliqué-je, piteuse.

Il m'embarque à nouveau dans les couloirs du paquebot et, encore une fois, me présente les employés qui nous dépassent.

« Mitchelé, boulanger. »

« Johnny, DJ. »

« Paula, agent de sécurité. »

À ceux-là s'ajoutent cinq Jimmy, trois Franck et deux Tonya.

« Marco, responsable des objets trouvés. »

— Et perdus surtout, ajoute gaiement le Marco en question.

Je ne ris pas. Marco, jeune homme tout juste sorti de la puberté, m'indique un mur rempli d'étagères sur lesquelles sont disposés des centaines d'objets hétéroclites, répertoriés par heure et par lieu de trouvaille.

— C'est là, je t'en prie, fais-toi plaisir.

« Fais-toi plaisir ». C'est vrai qu'il y a de quoi s'amuser, quand on est dans le genre de panade dans laquelle je me trouve actuellement… J'ai bien envie d'envoyer cet imbécile se faire raser le duvet dans l'hémisphère sud.

Il se déporte sur la gauche. Je me mets sur la pointe des pieds pour accéder à l'étage le plus élevé et tends la main pour décaler les premiers objets.

— Attention, s'écrie-t-il en s'interposant entre mes doigts et une poupée rousse, évite de déplacer les choses, on ne s'y retrouvera plus sinon, c'est suffisamment compliqué à trier.

J'obtempère et me contente d'une exploration visuelle, tout en songeant que ce gars doit être une sorte de calamité déguisée en pingouin.

— Alors ? interroge-t-il au bout d'une demi-seconde.

— Alors rien, pour l'instant.

— C'est quoi comme genre de sac que tu cherches ?

— Un sac à main.

— Aïe… Un petit sac ?

— Plutôt, oui.

— Aïe aïe.

— « Aïe aïe » ?

— C'est si grand ici…

Je me décompose, le prépubère a raison, un si grand navire et un si petit sac… une aiguille dans une botte de foin. Une poussière dans un océan. Ma gorge se noue.

— Je suis sûr qu'au pire, on trouvera une solution, intervient Jeryll en posant doucement la main sur mon bras.

Une solution. J'ai tellement envie de faire confiance à cet homme que j'ai suivi tout l'après-midi que je me prends à rêver que oui, il a raison, on trouvera une solution et que tout ça – ce réveil dans cette croisière, ce voyage, et cet espoir qui me tient lieu de béquille – ne sera pas complètement vain. Une immense bouffée de reconnaissance m'envahit.

J'entame le deuxième niveau. Un portefeuille, un string, une énorme boucle d'oreille en forme de girafe – il paraît que tous les goûts sont dans la nature –, un magazine allemand, un appareil à tartiflette compact, une figurine Lego, un entonnoir en plaqué or.

Mais pas de sac.

Je m'attaque au niveau inférieur. Une Tortue Ninja défraîchie, un paquet de sucettes, une brosse pleine de cheveux, un porte-carte, une trousse, un carnet ou un agenda.

Mais pas de sac.

Et ainsi de suite, sur la flopée d'étagères suivantes, une collection d'objets bigarrés, mais pas l'ombre de mon sac. Je peux presque voir mon espoir s'envoler comme un pigeon malade.

— Toutes ces choses ont été ramassées récemment ? s'enquiert tout à coup Jeryll.

— Elles sont toutes arrivées aujourd'hui, depuis l'heure de l'embarquement des passagers, répond l'autre avec fierté. Matin, midi, début d'après-midi… précise-t-il en désignant une à une les étagères.

Soudain, le pigeon malade revient voleter dans ma tête. Retour de l'espoir.

— Mais pour ce qui a été perdu avant ? m'écrié-je. Vous avez bien dû récupérer des choses en faisant le tour des cabines ? des choses oubliées par les employés ?

Museau en l'air, le jeune homme prend le temps de la réflexion. Puis, comme si cela lui revenait soudain, il lève un index, le secoue et annonce en pénétrant dans une pièce adjacente :

— Attendez-moi là, j'ai peut-être un truc.

Une minute plus tard, il est de retour, traînant à sa suite une énorme malle. À l'intérieur, un capharnaüm. Tout et n'importe quoi. Une montagne de bidules que j'entreprends de disséquer en la démantibulant et en sortant les objets un à un. Jeryll s'accroupit à son tour. Il m'offre son aide, je l'accepte volontiers.

— Vous en avez pour longtemps ? finit par demander le pénible imberbe blond. Vous oublierez pas de ranger, hein ?

Jeryll le fusille du regard. L'autre recule instinctivement en gonflant les joues.

— Prenez le temps qu'il faut ; du moment que vous rangez derrière, moi je m'en fiche après tout.

Le silence s'installe, entrecoupé seulement par le tintement des brosses à dents sur la faïence des pots ébréchés, le bruissement des papiers et le crépitement des sachets plastiques. Vraiment, les gens perdent tout et n'importe quoi.

— Je crois que je tiens quelque chose, s'exclame brusquement Jeryll.

Il tire sur une anse en similicuir noir. Longue et fine, comme l'est celle de mon sac. Mon cœur s'emballe et mon sang se fige. C'est une drôle de sensation de bouillir et de se pétrifier simultanément.

– 12 –

Avant.

New York. Raph.

À l'extérieur de la salle où il venait de m'entraîner, il a hélé un taxi.

— Finalement, le catch, c'est pas vraiment ton truc ? m'a-t-il lancé quand nous nous sommes assis dans la voiture.

J'ai mordillé mes lèvres, espérant que ça pourrait m'aider à trouver l'inspiration. La vérité, c'est que je n'avais ni envie de lui mentir ni envie d'avouer que je lui avais menti tout ce temps. Il m'a regardée d'un air amusé, puis il s'est penché vers moi.

— Myrtille, tu peux me le dire à moi…

J'ai regardé le plafond de l'habitacle, les phares des véhicules à l'extérieur, mes pieds, ses pieds, les mains du chauffeur sur le volant, le soleil qui déclinait et j'ai bredouillé :

— Moyen…

Il a secoué la tête comme s'il chassait une mouche posée sur son nez.

— Et tu as toujours fait semblant ?

— Non pas toujours, j'ai…

Son regard vert perçant m'a désarmée.

— Bon, okay, toujours…

Il a pris une inspiration et il s'est détourné. Il me détestait, je le savais, j'avais tout gâché, je n'avais même pas réussi à faire semblant, j'étais vraiment nulle. Pas étonnant qu'il m'ait quittée. Même moi, je me serais quittée si j'avais pu.

— Tu es déçu ? ai-je balbutié, malade à l'idée de l'avoir perdu pour de bon.

Contre toute attente, il a souri.

— Déçu ? Bien sûr que non, je me sens juste stupide de ne pas avoir compris plus tôt que tu te forçais…

— Ah mais non, c'est moi, c'est ma faute, j'aurais dû…

Je m'embourbais. Alors il s'est approché de moi et il a déposé un baiser sur ma joue.

— Ce n'est vraiment pas grave du tout, ne t'inquiète pas.

Avant d'ajouter :

— Moi aussi, faut que je t'avoue un truc…

Je me suis redressée, l'air méfiant. Quoi ? Que voulait-il m'apprendre ?

— Tu te souviens du beurre de cacahuète ?

Si je me souviens du beurre de cacahuète ? Tu parles Charles, bien sûr que je me souviens de ces tartines lourdes de beurre de cacahuète qu'on dévorait assis sur le mur en regardant passer les avions. C'est moi qui les préparais. J'ajoutais des Smarties pour la couleur, et des morceaux de cookies pour la texture. La première fois, je lui avais soutenu mordicus que c'était comme ça qu'on le dégustait aux États-Unis.

« Tu verras quand on ira, je t'emmènerai en manger. »

Oui, je m'en souvenais. Jamais je n'aurais pu oublier. D'ailleurs, je n'avais sans doute rien oublié du tout. Mais j'ai répondu, pour ne pas avoir l'air trop investi :

— Le beurre de cacahuète ? Ouais, vaguement...

— Vaguement ? s'est-il exclamé. Tu m'en as fait pendant trois ans, huit mois et deux semaines !

Il avait compté...

— Bon bah oui, je m'en souviens. Mais je ne vois pas le rapport avec le catch...

— Je n'aimais pas ça...

— Tu n'aimais pas mon beurre de cacahuète ?

— Ça me donnait envie de vomir !

— Et les Smarties ? et les cookies ?

— Pareil, c'était écœurant à mort.

Il s'attaquait à un mythe de notre histoire. Comment avait-il pu me faire croire qu'il adorait mes tartines ?

— J'en reviens pas, pourquoi tu ne m'as rien dit ? On aurait changé, on aurait pris du Nutella, de la confiture, hein, pourquoi ?

— Pour la même raison que tu ne m'as jamais avoué que le catch t'ennuyait, j'imagine...

Un point partout. Balle au centre.

Alors comme ça, le petit garçon qu'il avait été avait eu peur lui aussi d'exposer des goûts différents des miens… C'est idiot, mais d'apprendre que nous avions craint tous les deux la même chose et que nous avions choisi une tactique similaire pour que ça n'arrive pas m'a réjouie. Pour la forme, je me suis dessiné une moue boudeuse et hautaine.

— Y a d'autres choses que je devrais savoir ?

Il a placé son doigt sur son menton pour bien montrer qu'il cherchait, avant de lâcher :

— Oui, deux ou trois.

— Ah quand même…

— Je te propose un marché.

J'ai arqué un sourcil, je me méfiais. Il a clarifié :

— Tu en dis un, j'en dis un.

J'ai fait mine de réfléchir et j'ai dit :

— Ça me semble honnête. Tu commences ?

— Okay, c'est parti. Le pull rouge, celui que tu m'avais offert pour mes 16 ans.

Il commençait fort.

— Non, pas le pull rouge !

— Une vraie catastrophe… Je l'ai donné à ma mère…

— Tu m'avais assuré qu'il avait rétréci au lavage !

Raph a esquissé une grimace.

— Je suis désolé… à toi !

Mince, un si beau pull. D'accord, la taille n'était pas tout à fait ajustée. Okay, la forme, la couleur et les mailles, ce n'était pas terrible. Mais Raph était si beau dedans… Je me suis reprise, il allait voir ce qu'il allait voir.

— La peluche que tu m'avais gagnée à la fête foraine…

— Celle qu'on avait appelée Fernand parce qu'elle avait des moustaches ?

J'ai opiné, fière de moi et du coup que je m'apprêtais à porter.

— Je l'ai barbouillé de rillettes et je l'ai confié aux bons soins de Nounours.

Il m'a lancé un regard écarquillé :

— Tu veux dire que Nounours a bouffé Fernand et que tu as été l'instigatrice de ce massacre ? Mais enfin, pourquoi ?

— Tu regardais Cynthia en cours de musique…

Il s'est mis à chercher dans sa mémoire pendant une seconde, une seconde au bout de laquelle il a froncé les sourcils.

— N'importe quoi, je n'ai jamais regardé Cynthia en cours de mus…

— Si, et tu la regardais beaucoup. Ça m'a mise en colère, j'étais morte de jalousie. Et j'ai sacrifié Fernand.

— Pauvre Fernand, c'est moche…

— Comme tu dis… À ton tour !

— Tu es sûre que tu y tiens ?

— Je suis prête à tout entendre.

— Bien, comme tu voudras. Tu avais un bracelet en perles de rocailles…

— Il était bleu, je trouvais qu'il était super à la mode.

— Et il s'est cassé…

— Je me rappelle, c'était un mercredi, on avait passé l'après-midi à courir sur le chantier. Quand je suis rentrée, je me suis aperçue que le bracelet n'était plus autour de mon poignet. J'étais déçue, je l'adorais… Ne me dis pas que tu avais trouvé le même dans une boutique et que tu ne m'en as jamais rien dit ?

— Mieux que ça…

À mon tour de froncer les sourcils. Il a mis la main dans la poche intérieure de sa veste et il a sorti son portefeuille à l'intérieur duquel se trouvait un petit porte-monnaie. Il a déclipsé le bouton poussoir et il en a sorti… le bracelet. Mon bracelet bleu, avec ses perles de rocailles bleu turquoise légèrement affadies.

— J'y crois pas, me suis-je exclamée en saisissant le bracelet recroquevillé dans sa paume. C'est toi qui l'avais depuis toutes ces années !

— Bah ouais…

— Et pourquoi tu ne me l'as jamais rendu ?

— Parce que je ne voulais pas que tu saches que j'avais passé trois jours à le chercher parmi les morceaux de bateau…

Trois jours… Il avait passé trois jours à chercher dans le chantier. Trois jours. Juste pour retrouver ce bracelet et avoir avec lui un petit morceau de moi.

La surprise m'a rendue muette. J'étais bouleversée. Bouleversée par tous ces souvenirs qui remontaient à la surface, à la faveur de ces perles de rocaille délavées qui avaient la couleur de notre enfance et de notre amour avorté.

Le taxi s'est tout à coup immobilisé dans une rue animée.

— C'est ici, on descend !

— On va où ? ai-je demandé, encore groggy par ce que Raph venait de confesser. Ce n'est pas du catch au moins… Parce que si c'est le cas, je me verrais dans l'obligation de te faire ingurgiter trois pots de beurre de cacahuète. D'AF-FI-LÉE.

— Non, pas de catch. C'est promis…

Il est sorti en premier et m'a tendu la main pour m'aider à descendre de la voiture. Les remords ne me quittaient pas :

— Tu sais, je suis vraiment désolée d'avoir gâché ta surprise et ton moment. Tu dois être déçu…

— Comment veux-tu que je sois déçu d'être avec toi ?

Je lui ai lancé un regard étonné ; je cherchais à sonder ce qu'il voulait dire.

— On y va ? a-t-il répété. On ne va pas rester dans cette voiture jusqu'à la Saint-Glinglin…

— Non mais « la Saint-Glinglin » quoi, on dirait ma grand-mère…

Il m'a lancé un clin d'œil et m'a entraînée dans la rue. Une brise légère soulevait une mèche de ses cheveux, la lumière du soleil couchant lui conférait une aura tranquille.

Tout en le suivant, ma main dans la sienne, je me perdais en conjecture.

Ses paroles cachaient-elles un sous-entendu ? Raph cherchait-il à me reconquérir ? Je n'avais jamais vraiment cessé d'être amoureuse de lui…

Et pourquoi fallait-il toujours que je me torture l'esprit ? Ne pouvais-je, au moins pour une fois, juste profiter de ce que m'offrait le présent ?

– 13 –

Maintenant.

Mes souvenirs se brouillent. Je m'efforce de rester concentrée sur la réalité dans laquelle Jeryll, à quatre pattes, semble être sur une piste.

La lanière que mon bienfaiteur en costume de serveur est en train de tirer avec application me paraît infinie. Mon cœur s'acharne dans ma poitrine, il bat si fort que je m'attends à le voir s'échapper de ma cage thoracique d'un instant à l'autre.

Enfin, le sac est en vue. Un petit sac noir en similicuir. Mon sac !

Je saute au cou de Jeryll sans penser au fait que nous ne nous connaissons que depuis quelques heures et je saisis en tremblant les poignées. Il rit :

— Tu vois que tout s'arrange !

Je glapis, tâche de reprendre mes esprits avant de l'ouvrir. Mes doigts frémissent au contact de la matière, l'émotion sans doute, la peur, la joie, tout se mélange. Et une promesse venue de nulle part, comme celles qui vous traversent le crâne quand le bonheur irradie vos synapses : si plus tard j'ai un fils, je l'appellerai Jeryll.

J'ouvre le sac.

Me décompose.

Ce n'est pas le mien.

Je me laisse glisser sur le sol, le sol qui se dérobe sous mes fesses pendant que l'espoir s'émiette. Mon fils ne s'appellera pas Jeryll pour la bonne et simple raison que je n'aurai pas de fils ni de fille d'ailleurs, et que mon existence s'atomise.

— Je suis vraiment désolé, bredouille Jeryll.

Je secoue la tête en mordant l'intérieur de ma joue pour juguler les sanglots qui me prennent à la gorge.

— Tu sais, on en retrouve tous les jours, ton sac pourrait bien réapparaître demain, ou après-demain…

J'acquiesce en prenant une énorme inspiration. Marco-l'ado attardé s'immisce brusquement en tenant une tasse fumante dans le creux de ses mains.

— Salut la compagnie ! Alors, on est « brecouilles » ?

Là-dessus, il se marre. Comme si on venait de lui raconter une bonne blague, comme si de nous voir au milieu de cette mer de machins à moitié cassés et oubliés était la meilleure chose qu'il ait vue au cours de ces quinze derniers jours, comme si ma situation était hilarante… Des effluves de verveine et de camomille envahissent la pièce. Ces plantes ont beau recéler des vertus calmantes, elles ne suffisent pas à apaiser les envies de meurtre qui commencent à me titiller. « Brecouilles », tu parles d'un abruti…

La moutarde monte aussi au nez de Jeryll. Sans un mot, il se lève et s'approche tout près de Marco qu'il dépasse d'une bonne tête. Toujours silencieux, il attrape la tasse et en déverse le contenu sur les chaussures vernies du petit teigneux. Ce dernier bondit d'un mètre, s'égosillant sur le mode : « C'est chaud, merde merde merde, t'as pété un câble ou quoi, c'est quoi ton problème et puis fais chier, voilà ce que ça donne quand on veut aider les gens. »

Jeryll ne pipe pas un mot. Son forfait commis, il revient vers moi et remet les objets étalés dans la malle avec un flegme ahurissant. En moins d'une minute, tout est remballé. Seuls subsistent de notre passage une auréole imbibée de verveine et de camomille sur le sol et un Marco cramoisi de colère et de frustration de ne pas pouvoir l'exprimer.

— Suis-moi, je vais te préparer un cocktail pour te remettre d'aplomb, lance Jeryll en enjambant la malle et la flaque sur le parquet.

Marco nous regarde partir. Je sens la glace de ses yeux noirs dans notre sillage.

— Le pauvre… tenté-je.

— Tu parles de Marco ? s'exclame Jeryll. C'est un gosse, il teste les limites, c'est tout.

Et voilà que j'imagine aussitôt le responsable des objets trouvés avec une tétine dans la bouche, couche-culotte surmontée d'une veste trop grande pour lui, en train de gémir contre une malle à trou dans laquelle il s'évertue à vouloir faire rentrer des objets.

Je ne le fais pas exprès, il paraît que j'ai une imagination débordante et incontrôlable. Depuis le temps, je m'accommode de ces visions qui me font rire même lorsque les circonstances ne s'y prêtent pas du tout.

— Ne t'en fais pas, demain il aura oublié, ajoute Jeryll. Marco n'est pas un mauvais garçon, il est juste lourd et sans filtre… le genre « méchiant », quoi.

Il me conduit dans une des discothèques, vide à cette heure, et me propose un cocktail préparé par un robot. Il passe son badge sur le lecteur de carte. S'affiche alors sur une des tablettes collées au bar un choix délirant d'alcools, jus de fruits, sodas, à marier à l'envi.

— Envie de quelque chose en particulier ?

Tu veux dire à part de mon lit, de disparaître sous ma couette et de réintégrer la civilisation dans trois millénaires ?

Je secoue la tête.

Non, pas vraiment.

— Bien, alors c'est moi qui choisis ! s'enthousiasme-t-il.

Je le vois pianoter sur la tablette à toute allure. Les bras du robot se mettent en branle, illuminés par des LED latérales de toutes les couleurs. Le robot attrape sans la moindre hésitation les ingrédients utiles à la préparation du cocktail demandé. J'écarquille les yeux, je me sens comme une gamine devant un manège. Au bout de quelques secondes, l'un des bras glisse un verre dans une des nombreuses rampes.

C'est un cocktail tout bleu. Ma couleur préférée. Jusqu'à ce que Raph décrète que le bleu de l'océan était plus important que notre histoire.

Puis Raph est rentré de la marine, et j'ai pu à nouveau voir le bleu en peinture…

Je frissonne, mon cœur se gonfle. Assez de mélancolie, elle n'est pas bonne camarade. Et il y a l'avenir, ses promesses, mes résolutions, et New York. Et Raph. Enfin bref.

J'interroge Jeryll en aspirant le contenu de mon verre à la paille tandis qu'il avale une gorgée d'eau :

— Tu connais Marco depuis longtemps ?

— Plutôt oui ! C'est moi qui l'ai fait rentrer dans la compagnie, il y a deux ans. Nous étions sur un autre bateau, le *Majestic Shell*, tu connais ?

— Évidemment ! Ma mère a travaillé sur le *Majestic Shell* pendant plusieurs mois.

Je me garde bien d'ajouter que j'ai passé un certain nombre d'heures sur ce qui allait devenir la proue de ce navire à me rêver un avenir avec Raph. Décidément, on y revient toujours. À croire que je suis d'humeur nostalgique.

— Ta mère est sur le chantier naval ?

— Ouais, elle est soudeuse.

— Et c'est ça qui t'a donné envie de travailler sur les paquebots ?

— Pas vraiment… Disons que c'est un peu plus compliqué que ça…

— Envie d'en parler ?

L'avertissement proféré un peu plus tôt par la responsable du personnel clignote dans ma tête : *« Évidemment, tout ça doit rester entre nous, notre compagnie n'est pas une œuvre de charité… »*

Mais c'est Jeryll, et Jeryll a le don des gens. Alors je lui raconte tout.

Il m'écoute sans m'interrompre. Respectant mes respirations, mes pauses et mes hésitations. M'offrant sa générosité en échange de ma confession. Et il conclut, lorsqu'il est évident que je n'ai plus rien à ajouter :

— Ah, l'amour… c'est ce qui nous tient tous… On en ferait des kilomètres, pas vrai ?

Ouais. Des milliers dans mon cas.

– 14 –

Avant.

Des gens trinquaient sobrement au son de la musique jouée par un pianiste concentré. Juché sur une estrade, le musicien, aux cheveux longs enserrés dans une queue de cheval, effleurait les touches de son piano qui résonnaient de notes jazzy et veloutées.

Les verres tintaient, les voix se chevauchaient. Les serveurs serpentaient entre les tables rondes et les banquettes en velours rouge en portant de grands plateaux.

Le bar avait beau être presque plein, la musique parvenait malgré tout à se frayer un chemin jusqu'à nos oreilles. Parmi les clients, certains discutaient, tandis que d'autres, envoûtés par la mélodie, balançaient leurs épaules en rythme, dans un mouvement lent et alangui. Il régnait une pénombre chaude et tamisée grâce aux luminaires disposés çà et là. Au bout du bar, une vitre immense offrait une vue époustouflante sur les tours de Manhattan et le fleuve Hudson, que la tombée du jour et l'annonce du crépuscule accentuaient encore.

Tout ici respirait l'élégance feutrée des habitués à peine sortis de leurs bureaux, qui se retrouvent pour profiter de quelques instants de calme insouciance avant de regagner leur domicile.

— C'est mon bar préféré, m'explique Raph. Je suis venu des dizaines de fois ici…

— Seul ? l'ai-je coupé brusquement.

Je me suis morigénée, pourquoi fallait-il toujours que je fasse un drame pour rien ? Heureusement, il n'a pas semblé m'en tenir rigueur.

— Pas toujours, non, a-t-il lancé dans un sourire doux.

— Il y en a eu beaucoup ? Après moi, je veux dire…

— Il y en a eu quelques-unes, bien sûr… Tu m'en veux toujours d'être parti ?

Oui.

— Non, c'est du passé. Nous avions besoin de faire nos expériences chacun de notre côté, nous étions si jeunes…

J'ai avalé une gorgée de ce vin qui tenait dans un verre ballon énorme. Il a soupiré.

— C'est du passé, on ne va pas refaire l'histoire, pas vrai ?

— C'est sûr… ai-je articulé en enfonçant une paille dans mon verre, aussi profondément que j'avais envie de m'enfoncer, moi, dans le sol.

Il s'est insurgé :

— Tu ne vas pas boire du vin à la paille quand même ?

— Je vais me gêner !

Et j'ai fait des bulles.

Le malaise s'est dissipé dans l'éclat de son rire et les bulles qu'il s'est mis à faire avec son whisky.

Derrière nous, un groupe de femmes bien habillées gloussaient. Elles m'ont donné une idée.

— Cap ou pas cap chrono ?

— T'es sérieuse ?

— Quelle question ! Alors, cap ou pas cap ?

— Cap, évidemment !

J'ai baissé le volume de ma voix :

— Tu vois les cinq femmes là derrière ?

Il a tourné la tête et a opiné du chef. J'ai poursuivi :

— Récupère le numéro de la blonde ! Tu disposes de trois minutes max !

— À vos ordres.

J'ai enclenché le mode compte à rebours de mon téléphone réglé sur trois minutes et j'ai marqué le top départ. Sans se démonter, il s'est levé de la banquette et s'est dirigé d'un pas sûr vers elle. Il s'est penché sur sa victime, lui a susurré quelques mots. Elle l'a regardé d'un air stupéfait, avant de prononcer des paroles que je n'ai pas comprises à cause de la distance mais qui ont suscité les rires des autres femmes. À nouveau, il s'est penché contre son oreille, a murmuré autre chose que je crevais d'entendre. Elle lui a répondu en s'approchant tout près de son visage, ce qui n'a pas manqué de me hérisser deux ou trois poils au passage, puis elle s'est pliée pour saisir son sac qui se trouvait sous son siège. Raph avait presque le nez au milieu du décolleté qu'elle avait rudement bien achalandé – beaucoup plus que le mien en tout cas. J'ai tout à coup regretté de l'avoir envoyé dans la gueule du loup : cette femme avait tout pour plaire. Plus quiche que moi, tu meurs…

Elle a donc pris son sac à main, en a sorti un morceau de papier sur lequel elle a griffonné, avant de le tendre à Raph. Puis ils se sont fait la bise, pendant que ses copines piaffaient. Il est finalement revenu vers moi en arborant un air gaillard et une mine victorieuse, et il m'a mis le papier sous le nez. C'était une carte de visite.

Beth Apelbaum – Apelbaum firm – Lawyer
b.apelbaum@apelbaumfirm.com
212-577-9827

Suivi d'un autre numéro, écrit à la main.

J'ai sifflé.

— Eh ben, une avocate, rien que ça…

Il a haussé les sourcils deux fois de suite pour me faire bisquer.

— Alors, combien j'ai fait ?

J'ai jeté un œil à l'écran de mon portable.

— Deux minutes et treize secondes…

— J'ai déchiré ! s'est-il enthousiasmé.

— Disons que c'est un temps… honorable…

— Honorable ? Tu parles d'une mauvaise foi ! On va voir si tu fais mieux !

J'ai levé les mains pour l'inviter à prononcer son « cap chrono ».

— Tu vois les deux gars là-bas, près des toilettes ?

J'ai oscillé du menton.

— Parmi eux, il y en a qui porte des lunettes et une chemise à rayures, tu vois auquel des deux je fais référence ?

Re-oscillation du menton. Il continue.

— Tu as moins de deux minutes treize pour lui faire enlever ses lunettes trois fois.

— Trois fois… Je ne parle même pas anglais, comment veux-tu…

— Tttt, ttttt, tttt, a-t-il rétorqué en s'emparant de mon téléphone et en déclenchant le compte à rebours. Je ne veux rien savoir. Et c'est… parti ! Deux minutes douze, deux minutes onze, tu devrais te bouger, deux minutes dix, deux minutes neuf…

Je me suis mise en route vers le type, d'un pas rapide d'abord – compte à rebours oblige –, puis j'ai ralenti de plus en plus à mesure que je m'approchais : comment parvenir à mes fins sans paraître ridicule ? La barrière de la langue me semblait insurmontable. Ce n'était pas une fois, non, c'était trois fois… Vraiment, je n'avais aucune idée de comment j'allais procéder. Au dernier moment, j'ai bifurqué dans les toilettes, histoire de gagner du temps. Mon cerveau fonctionnait à toute allure. Vite, il me fallait trouver un moyen.

Tout à coup, entre la porte des toilettes dames et celle des toilettes messieurs a surgi une idée. Le genre d'idées qui ne peuvent émerger qu'à côté d'une porte de toilettes…

J'ai passé la main dans mes cheveux pour leur donner un peu de volume, j'ai tiré le col de mon tee-shirt pour l'échancrer sur mon épaule et j'ai bombé la poitrine, avant de me diriger vaillamment vers la table des deux amis, poitrine en avant, respiration retenue pour donner l'impression d'une taille plus fine, pointe des pieds dans mes Converse pour allonger mes jambes, lèvres figées dans une moue de canard selfie. J'avais le pas sûr d'une hyène, la majesté d'un félin, l'assurance d'un rapace.

Et puis j'ai trébuché, m'écroulant lamentablement sur le copain du type, renversant au passage les verres et le pot à popcorn. Le type donc, qui a fait tomber ses lunettes en essayant de rattraper son pote.

Que les choses soient claires : ce n'était pas mon plan. J'avais plutôt prévu de me présenter à lui en m'efforçant de mettre en valeur mon discutable charme, et de lui faire comprendre que j'avais besoin qu'il me prête ses lunettes. Trois fois de suite. Simple, efficace, une minute cinquante à tout casser, danse de la victoire visant à énerver Raph incluse.

Oui, mais non : ma maladresse, ma nervosité et mon Karma s'étaient ligués contre mon projet. Et ma technique d'approche a fait plouf.

Enfin, plutôt patatras.

J'ai commencé à me relever, me confondant en excuses franglaises. Le type a ramassé ses lunettes et il m'a regardée d'un air amusé.

Il existe plein de regards différents. Il y a ces regards qui vous effraient, ceux qui vous enveloppent, ceux qui vous scotchent, ceux qui vous crucifient, ceux qui vous tétanisent, ceux qui vous assassinent, ceux qui vous étonnent, ceux qui vous promettent, ceux qui vous perdent, ceux qui vous bouleversent, ceux qui vous racontent leur histoire, ceux qui vous transpercent.

Le regard de cet homme-là appartenait à cette dernière catégorie. Encore à califourchon sur le copain, je me suis sentie traversée de part en part par ses yeux bleus. J'ai accepté la main qu'il m'a tendue, j'ai bredouillé des remerciements dans une langue incompréhensible même de moi, il a remis ses lunettes, j'ai dégluti et je me suis souvenu.

Il restait encore deux fois avant que je m'acquitte de ma mission. Je lui ai montré ses lunettes, je lui ai fait signe de les enlever et, sans un mot, toujours aussi intrigué, il a obéi. Avant de les rechausser. Puis il m'a invitée à danser. Et il les a enlevés.

Trois fois, donc. Le compte était bon.

Il sentait un parfum enivrant, il était très beau, il me dépassait d'une demi-tête et avait la taille idéale pour me permettre de m'accrocher à ses épaules. Bercée par la musique et le mouvement chaloupé de nos corps sur la piste, j'ai songé qu'il était le genre d'hommes dont je pouvais tomber amoureuse.

Dans une autre vie.

Dans une autre histoire.

Oui, sans doute.

J'ai senti le frôlement d'un tissu dans mon dos. J'ai pivoté et j'ai vu Raph, tanguant dans les bras de l'avocate dont il avait récupéré le numéro quelques minutes auparavant.

J'ai eu chaud, j'ai eu froid. Les notes douces s'échappaient du piano avec volupté, pendant qu'une espèce de fissure se creusait au fond de mon cœur sans que je puisse décider si elle était atroce ou agréable.

L'homme au bras duquel je me balançais.

La femme au bras de laquelle Raph se balançait.

Et un piano qui sifflait comme un air d'au revoir…

– 15 –

Maintenant.

Je sors du bureau de Mary O'Brian. Dans ma main, le talkie-walkie qu'elle m'a confié ainsi que le badge avec mon nom inscrit en lettres d'or et, en dessous, ma fonction en anglais et en français. C'est écrit : « Employée polyvalente ». Ma photo apparaît désormais sur le trombinoscope. C'est officiel, j'appartiens à la grande famille du *King of the Seas*.

Jeryll et Jaya sont à mes côtés, comme s'ils m'intronisaient. D'ailleurs, c'est bête, je ressens une sorte de fierté à déambuler ainsi avec ces insignes reconnaissables, il n'est plus question qu'on me jette aux requins ou qu'on m'emmaillote dans des cordes, je suis à présent du bon côté. Celui de ceux qui font des vacances des croisiéristes un paradis. Ou un enfer.

Telle une cigogne dans le ciel, je fends l'air pour me rendre là où on m'attend pour ma mission suivante : en salle de répétition. Car ce soir, j'ai spectacle.

Oui, un spectacle, un vrai ; avec des danseurs, des chanteurs, des animateurs, des championnes de natation synchronisée, des équilibristes, des cascadeurs. Et une employée polyvalente, parce que l'une des assistantes prévues ce soir a un méchant lumbago qui la cloue au lit. Je ne suis pas mécontente du rôle qui m'a été assigné. Mary m'a donné le choix entre la cuisine d'un des restaurants et les coulisses de la soirée cabaret : moi qui préfère largement les paillettes à la plonge, j'aurais pu tomber plus mal.

Accompagnée par Jaya et Jeryll qui craignent que je me perde dans les méandres du paquebot, je gagne la salle de spectacle. Celle-ci n'a rien à envier aux plus grandes pistes du monde : une immense scène, un bassin, des projecteurs à gogo, une effervescence nucléaire et des artistes suspendus dans les airs comme si c'était leur élément naturel, sous les cris d'un metteur en scène enragé qui hurle des suites d'onomatopées en gesticulant.

— Hey ho noooooo aaaah. Yes yes yes ! Baaaaaaaang !

— Qu'est-ce qu'il dit ? demandé-je à voix basse à mes deux acolytes.

— Il demande au trapéziste de lâcher sa partenaire dans l'eau un peu plus vite, répond Jeryll sur le ton de l'évidence.

— D'accord. Mais c'est quand même pas clair clair, si ?

— Tu vas t'habituer, ne t'en fais pas. Luigi ne s'exprime que de cette façon-là.

— Un déficit langagier peut-être ?

— Disons plutôt qu'il s'imagine qu'on n'est pas assez bien pour qu'il s'abaisse à nous parler…

— Eh ben, il a un sacré melon le type !

— On est plus dans la pastèque, si tu vois ce que je veux dire…

À côté de nous, Jaya soupire.

— Mes filles adorent les spectacles.

Jeryll et moi lui sourions. Ce ne doit pas être évident tous les jours d'être loin de ceux qu'on aime…

Une grande femme brune s'approche. Elle porte un jean et un tee-shirt jaune avec, en son centre, un smiley mort de rire. Son regard descend jusque sur mon badge. Sa langue claque quand elle ouvre la bouche.

— Vous polyvalente ?

Je hoche la tête.

— Vous ici deux jours ?

Je hoche la tête à nouveau.

— Viens *con* moi, on va *backstage*.

J'abandonne à regret mes deux protecteurs pour lui emboîter le pas, tout en songeant qu'elle n'a pas l'air aussi commode que son tee-shirt le laissait présager.

Dans les coulisses, ça fourmille. Des femmes en string à plumes, des hommes en cuissardes le torse recouvert par une mélasse qui sent la confiture, des créatures bizarres et colorées en costume de bain chatoyant.

Toutes les portes sont ouvertes. Toutes, sauf une, bardée de cadenas. Je me risque à une question :

— C'est quoi ici ?

— Ici, me répond la régisseuse au tee-shirt qui se marre, c'est clu.

— Clu ?

— Oui, clu.

— Clu ???

Elle inspire profondément sans chercher à dissimuler son agacement et désigne un sous-verre accroché au mur en jetant son index contre le plâtre.

— Clu ! Clu !

Je ne comprends rien. Je répète :

— Clou ?

— Yes ! Clou spectacle !

J'arque mes sourcils en une moue sceptique.

— Pas déranger. Ja-mais ! ajoute la fille en agitant son index recouvert de plâtre devant mon nez.

Elle claque la langue et les talons, et moi, je me demande quelle peut bien être la teneur de ce clou. Entre les numéros que j'ai pu entrapercevoir et la splendeur des costumes, ce clou doit valoir son pesant de choucroute.

De couloir en couloir, après avoir croisé – dans l'ordre – des sirènes, des centaures, deux chanteurs de *death metal* et des guerriers peinturlurés en or, nous parvenons devant l'entrée d'une pièce que la régisseuse me désigne.

— Costume, toi.

Je découvre une salle remplie de portants sur lesquels attendent des dizaines de déguisements, numérotés et affublés du nom de celui qui doit les enfiler.

La fille au tee-shirt-qui-ne-va-pas-avec-sa-tête tente un début d'éclaircissement :

— Toi, aider, costume.

J'écarquille les yeux en me noyant dans l'incompréhension. Elle s'énerve et décide de mimer pour me permettre d'y voir plus clair. Elle attrape une robe au hasard, l'enfile par-dessus ses vêtements en jurant et me fait signe, en sautant sur place pour montrer qu'elle souhaite atteindre la fermeture Éclair.

— Toi, aider.

J'avoue : j'ai bien compris de quoi il retourne mais l'envie est grande de continuer à la regarder s'agiter comme si elle venait de recevoir une casserole d'eau bouillante sur la tête. Alors, pour faire durer le plaisir, je lève les mains en arborant une figure hésitante.

Je sais, c'est moche... Mais, compte tenu des circonstances, rire un peu n'a pas de prix.

La régisseuse s'échauffe et saute de plus belle, la face de son tee-shirt rebondit sur sa poitrine, le bonhomme-sourire vibre à la manière d'un marteau-piqueur. Je finis par culpabiliser.

— Ah, vous voulez que j'aide les artistes à mettre leur costume ?

Elle s'arrête net de sauter sur-le-champ et m'adresse un regard mouillé de gratitude. Le front luisant de sueur, elle se dégage de la robe avant de la replacer sur un cintre. Elle paraît presque sympathique, enfin raccord avec son tee-shirt.

— Si toi compris, toi suivre répétition, et puis toi manger et toi revenir pour spectacle ce soir. Toi bien manger, parce que spectacle, pfffff, très très épuisant. Tout très très vite.

Là-dessus, elle claque la langue et les talons, avant de disparaître.

Le branle-bas de combat ne va pas tarder. Déjà, je distingue les essais de musique et les vocalises des chanteurs. Je prends mon mal en patience et passe la main sur les étoffes des habits accrochés aux cintres.

Je n'ai jamais vu autant de perles, de paillettes, de fils dorés. Même les maillots de bain paraissent irréels tant ils accrochent la lumière.

Tout à coup, la musique explose, des gens se mettent à courir devant et dans la pièce, l'essaim d'artistes bourdonne près des portants dans les gémissements des cintres. Et moi, j'accroche, je zippe, je scratche, je décroche, dézippe, déscratche. Au bout de trois quarts d'heure, quelqu'un m'informe que la répétition du spectacle est terminée. Je retourne vers la salle principale où le metteur en scène débriefe avec son équipe en gigotant.

— Aaaaaah, ohhhhhh, yeah, no no no no, jajaja, umh ?

Il me fait penser à cette espèce de culbuto musical que mon père m'avait offert pour mes 3 ans…

Derrière eux, une femme passe en laissant dans son sillage les effluves d'un parfum musqué et entêtant. Magnifique, une chevelure splendide cascadant sur ses épaules, une silhouette de rêve rehaussée par un corset élégant, un port de reine, des talons aiguilles. De loin, elle ressemble à Cher, la chanteuse. Je frissonne.

— Clu, me souffle la régisseuse qui vient de me rejoindre et ne paraît pas me tenir rigueur de la petite chorégraphie improvisée de tout à l'heure.

— Clou, répété-je, pensive.

Il me tarde d'être à ce soir pour voir en quoi peut bien consister le numéro d'une telle femme.

– 16 –

Avant.

Un bar surplombant New York, une lumière tamisée, le fleuve Hudson à nos pieds.

Et un piano qui sifflait comme un air d'au revoir.

Mes pensées se chevauchaient et s'affrontaient, tandis que, derrière moi, Raph et l'avocate dansaient au rythme de la musique jazzy. Elle gardait les yeux fermés et il l'emportait avec cette douceur que je connaissais tant. De mon côté, je me cramponnais à l'homme sans ses lunettes, m'enivrais de son odeur, prise au piège d'idées contradictoires.

Passé ou futur, quel chapitre ouvrir ?

J'étais écartelée. Raph, c'était mon histoire, mon espoir, mon désespoir, mon tout. Et il y avait cet homme qui, soudain et sans que je m'y attende, était apparu et m'avait touchée par le biais d'un simple contact visuel – est-ce ça que l'on appelle le coup de foudre ? – pour me promettre quelques beaux jours, voire plus si affinités.

Raph, c'était mon ami. Mon ami… juste un ami… Le moment était-il donc venu de renoncer ? Était-ce là, dans un piano-bar fréquenté aux lueurs chaudes et douces, situé au vingt-neuvième étage d'une tour de Manhattan, qu'on allait devoir se dire adieu : *c'était bien mais on est potes, il va falloir que tu t'y fasses Myrtille ; regarde, ta vie est devant, avec ce nouvel homme ou avec un autre, qui sait ? Mais regarde, il y a d'autres hommes, d'autres aventures, on ne peut pas vivre avec son enfance, les souvenirs ne sont pas des projets, l'espoir n'est pas la réalité, les petites voix intérieures se trompent parfois.*

L'homme m'a souri. J'ai répondu à son sourire et j'ai posé ma tête sur son épaule, sans toutefois parvenir à quitter des yeux Raph et sa partenaire. J'ai pensé qu'ils formaient un sacré beau couple. Ça m'a déchirée.

La mélodie a changé, une chanteuse à la voix vaporeuse s'est emparée du micro pour se lancer dans une reprise de *Every breath you take.*

La blonde a posé sa tête dans le cou de Raph.

J'ai eu envie de pleurer.

J'ai tout à coup arrêté de réfléchir, j'ai lâché l'homme au regard pénétrant, j'ai attrapé la main de Raph et j'ai choisi de croire malgré tout à ce que me murmurait cette satanée petite voix depuis ma plus tendre enfance. *Myrtille, Raph est ton passé, ton présent et ton avenir. Il finira par s'en rendre compte, garde confiance. Un jour, tu lui diras que tu l'aimes. Le moment viendra…*

Raph n'a pas lutté – comme s'il s'était attendu à ce que je m'interpose entre elle et lui – et il s'est laissé guidé de bonne grâce vers notre place où attendaient nos affaires, puis vers l'ascenseur.

— Deux minutes et une seconde. Je suis vaincu, a-t-il reconnu entre le treizième et le douzième étage.

— Qu'est-ce que tu veux, je suis imbattable au « cap-chrono » ! ai-je rétorqué sur le ton de celle qui énonce une évidence.

Nous sommes sortis de l'immeuble. Dehors, la nuit avait chassé les derniers soupirs du soleil. Les néons se reflétaient sur les façades vitrées des gratte-ciel. Un avion traçait un sillon dans le ciel chargé de nuages menaçants et gorgés d'eau. Le vent s'est levé. J'ai frissonné.

— Tu as froid ? a demandé Raph.

— Un peu.

— Tiens, mets ça.

Comme dans une mauvaise comédie romantique aux scènes éculées, il a retiré sa veste pour m'en recouvrir délicatement les épaules. J'ai frissonné à nouveau. Cette fois, le vent n'y était pour rien.

Une goutte est venue s'écraser sur mon crâne. J'ai levé le nez. Une autre a atterri sur mon front. Et une pluie drue s'est invitée. Nous nous sommes mis à courir dans les rues, entre les immeubles gigantesques. Trempés, hilares, heureux.

Nous avons trouvé refuge sous un porche en tôle. Les gouttes d'eau rebondissaient sur le métal en faisant un raffut de tous les diables. C'est là que Raphaël a lancé, hors d'haleine, à brûle-pourpoint :

— Je crois que c'est un des plus beaux jours de ma vie.

Je l'ai détaillé, son visage mouillé, ses yeux verts désarmants. J'ai bégayé :

— C'est vrai, tu es… heureux ?

— Je me sens chez moi ici, à New York. Je me sens libre.

— Et Saint-Nazaire ?

— Saint-Nazaire aussi, c'est chez moi. J'appartiens aux deux, tu comprends ? Donc voilà, toi, moi, ici et là-bas, je me sens… vivant.

Il a regardé ses chaussures en ajoutant :

— Tu trouves ça idiot ?

J'ai resserré son blouson contre ma poitrine.

— Non, ce n'est pas idiot. Moi aussi, je me sens… bien.

— Vivante ?

— À fond !

Ça m'a donné une idée. La deuxième de la soirée, donc. Pour moi qui d'ordinaire manquais singulièrement d'initiative, ça s'apparentait au grand chelem.

— Hé, on va où ? a-t-il crié quand il m'a vue bondir hors de notre abri.

— Au pays du y-a-des-trucs-qu'on-peut-oublier-et-d'autres-non.

Raph, perplexe, m'a dévisagée une seconde puis il a hoché la tête, résigné à ne pas tout comprendre, avant de m'emboîter le pas sous la pluie battante.

Nous devions graver ce moment, pour qu'il ne s'évapore jamais.

Par chance ou par le truchement de ces petits signes que la vie nous envoie parfois, j'avais repéré lors de notre trajet en taxi un atelier de tatouage. Si mon sens de l'orientation ne me jouait pas de tours, il devait se situer à quelques encablures de la rue où nous nous trouvions.

Je priais pour qu'il soit encore ouvert à cette heure tardive. Il était plus de 23 heures.

Après vingt minutes à déambuler sous les éléments capricieux, nous l'avons trouvé. La façade, taguée d'un immense visage afro troué par des yeux figurés par deux miroirs, ressemblait à celle d'un entrepôt désaffecté. D'ailleurs, si ce n'était l'immense panneau « Tattoo », rien n'aurait pu laisser penser que nous étions devant un salon de tatouage.

Quand Raph a compris ce que j'envisageais, il a eu un mouvement de recul.

— Je ne suis pas certain que ce soit une bonne idée...

— Ce n'est pas une bonne idée puisque c'est une excellente idée. Quoi qu'il se passe dans notre existence à partir d'aujourd'hui, cette soirée sera gravée. Tu m'as bien dit que c'était le plus beau jour de ta vie, non ?

Il a opiné.

— Oui, mais...

— S'il te plaît, Raph, fais-le avec moi, c'est important... ai-je supplié.

Il a cédé et, en moins de temps qu'il n'en faut pour le dire, nous étions allongés sur deux fauteuils, côte à côte, un tatoueur penché sur notre bras gauche. Au bout d'une heure, nous sommes sortis, lestés d'un New York, d'un Saint-Nazaire en dessous et, entre les deux, nos deux initiales, M & R.

Un tatouage, juste pour qu'on puisse se remémorer ce voyage hors du temps lorsque la vie serait plus grise. Juste pour nous souvenir qu'on pouvait courir sous la pluie et trouver cela marrant. Juste pour nous rappeler qu'on pouvait compter l'un sur l'autre et que cela, personne ne nous l'enlèverait jamais, peu importe les vicissitudes à venir.

La pluie s'est arrêtée, le vent est tombé, l'air s'est radouci. Nous avons regagné notre hôtel à pied au beau milieu de la nuit.

Bien sûr, j'ai eu envie qu'il m'embrasse quand il m'a souhaité une bonne nuit.

Évidemment, j'ai espéré qu'il le fasse jusqu'à ce qu'il se détourne pour m'embrasser le front, à la manière d'un grand frère protecteur.

Naturellement, j'ai été déçue et mon cœur s'est fissuré un peu plus quand il a regagné sa chambre. Avant de se gonfler à nouveau, plein de reconnaissance envers le destin qui m'avait donné un ami aussi précieux.

– 17 –

Maintenant.

— Hhhhhuuuuu, ya ya ya, nonono, bêêêêê, hiiiiiiiii…

J’observe, incrédule, le culbuto hurlant qui esquisse de grands gestes à la manière d’un chef d’orchestre.

— Spectacle commencer bientôt, traduit la régisseuse au tee-shirt rigolo. *Everybody’s getting prepared.* Tout le monde place.

La fourmilière se met en ordre de marche. Je me poste derrière les rideaux, là où les portants ont été déplacés, prête à enchaîner les enfilages, zipages, accrochages, décrochages et autres joyeusetés.

La salle est pleine : des centaines de spectateurs, en tenue de soirée, sont assis sur les fauteuils rouges. Leurs voix et celles des artistes se mêlent en un brouhaha tonitruant.

Et la lumière vacille. S’éteint. Trois coups sur un gong. Musique et spots explosent.

Déjà, les artistes enchaînent les numéros face aux spectateurs subjugués. Côté coulisses, l'atmosphère est électrique, le temps presse, tout est millimétré, réglé au cordeau. Je passe d'un dos à l'autre, nouant le lacet d'un corset, ajustant une épingle ou appuyant sur des boutons pression. J'apprécie cette ambiance que je découvre. Si loin de ma vie, de mes ressassements et de mes regrets. Tout à coup, une intuition : celle d'être faite pour ce milieu dans lequel, malgré le stress et les engueulades qui ne manquent pas d'interrompre la magie, je me sens bien.

De temps à autre, je jette un œil vers la salle. Le public réagit au spectacle. Il s'émeut, s'inquiète, s'emballe, s'échauffe, s'extasie.

Une silhouette longiligne vêtue d'une longue robe blanche fendue sur le côté droit jusqu'à mi-cuisse traverse le tumulte. Sur son passage, les têtes se tournent, le bourdonnement s'apaise sensiblement. Son aura contamine tout le monde.

Clou est majestueuse, même quand elle enjambe les câbles ou les projecteurs disséminés sur le sol. Si la grâce avait un visage, elle aurait le sien.

Je reste immobile, subjuguée par son allure et le charisme qu'elle dégage.

Et encore, je n'ai rien vu.

Elle se dirige vers moi, monte les quelques marches qui la séparent du rideau. Quand elle arrive à ma hauteur, elle m'adresse un hochement de tête. Et elle attend, prête à entrer en scène dès que la musique – sa musique – retentira.

Sa respiration est régulière, sa poitrine monte et descend dans sa robe moulante. Son profil busqué se concentre. Ses yeux, maquillés avec une outrance qui n'empêche pas le bon goût, fixent la scène. Son image m'évoque celle d'une reine sur le point de prendre une grande décision. Tout à coup, la musique change et Clou s'évanouit dans un écrin de lumière.

— C'est quelque chose, hein ?

Je me retourne. Une des nageuses, enroulée dans un peignoir, est en train de défaire les pinces qui parsèment sa chevelure.

— En effet, elle est… sidérante…

La nageuse m'invite à regarder le manège qui se déroule sur la scène où des dizaines de projecteurs s'activent pour donner vie à la robe de Clou, si bien qu'on la croirait ornée de milliers de diamants. Clou prend le micro et chante d'une voix de gorge, suave et profonde. Son visage se colore d'émotions, se pare de joie lorsqu'elle narre l'histoire d'une enfance heureuse ou qu'elle reprend *Laissez-moi danser* de Dalida, et se teinte de tristesse quand elle raconte la nostalgie d'un amour blessé. Le public, tout acquis à sa cause, s'envole avec elle. Je me prends à retenir des larmes, tant l'interprétation est grandiose. Elle pourrait nous raconter n'importe quoi, on y croirait.

— Danielle a un sacré talent… chuchote la nageuse en secouant ses cheveux avec les doigts. Tu vas voir, ils vont tous se lever à la fin. Ça fait des années que je travaille avec elle et à chaque fois, c'est la même : c'est pas une ovation qu'ils lui font, c'est un triomphe. Madonna peut aller se rhabiller.

Danielle. Le clou du spectacle. Tu m'étonnes.

Son tour de chant se termine sur un *Je suis malade* poignant qui me laisse pantoise. À travers le ballet des lumières, je crois discerner quelques larmes sur sa joue. La scène plonge soudain dans une obscurité totale. Le public retient son souffle. Et moi aussi. Et la nageuse, aussi, dans mon dos. La voix de Danielle, étranglée, souffle un « je » tremblant, fragile. La lumière revient. Éclate alors un « suis malaaaaaaadeeeee », transfiguré par la surprise de l'assistance et l'émotion de l'interprète.

Les applaudissements jaillissent, les gens sont debout. Je joins mes exclamations à celles du public. Sur la scène, Danielle salue. Et s'efface. Et repasse devant moi, en m'adressant à nouveau un signe de tête pendant qu'elle essuie ses larmes avec une majesté qui me prend à la gorge. Je la regarde s'éloigner comme elle est venue, puis disparaître finalement dans sa loge.

Je me tourne vers la nageuse, occupée à frictionner ses mollets.

— Elle vient d'où ?

Elle hausse les épaules et gonfle ses joues.

— La légende raconte… déclame-t-elle à la manière d'une actrice de tragédie grecque, avant de s'interrompre… Non, je déconne, je crois qu'elle est parisienne. Mais j'en sais pas plus, on ne la voit pas beaucoup en dehors des représentations. C'est comme un papillon qui renaît tous les soirs. Tu sais que les papillons ne vivent que vingt-quatre heures. Eh ben, Danielle, c'est pareil, on dirait qu'elle ne vit qu'au moment des spectacles. Le reste du temps, pouf, elle se volatilise…

Danielle me fait penser à Cher. Et Cher me fait penser à Raph. Il faut que je me rapproche d'elle. C'est comme une injonction. Une nécessité.

Comme si Danielle faisait partie du plan. Comme si sa présence ici constituait un message. Parfois, les choses s'imposent sans qu'on y puisse rien.

La nageuse, à présent habillée d'un survêtement, interrompt le fil de mes pensées.

— Dis, tu n'aurais pas vu un sac à dos bleu, avec un écusson dessus ?

— Non, désolée.

Quelque chose me pince le cœur.

— Et toi, tu n'aurais pas croisé un petit sac à main noir, par hasard ?

Elle s'apprête à répondre par la négative quand quelque chose semble percuter son esprit.

— Un petit sac noir, tu dis ? Il n'avait pas une longue anse fine ?

— Si…

Elle poursuit en écartant ses mains d'une vingtaine de centimètres l'une de l'autre.

— Genre grand comme ça ?

Mon souffle s'accélère.

— Oui, à peu près.

— J'ai vu un sac traîner dans un paquet d'accessoires, tout à l'heure. Au bout du couloir, à gauche. Près de la loge de Danielle justement.

Il n'y a pas de hasard. Juste des rendez-vous. Alors je détale, l'espoir chevillé au corps.

Ce sac, c'est ma promesse.

– 18 –

Avant.

Des coups frappés contre la porte de ma chambre m'ont extirpée du sommeil. Après une nuit aussi courte et des émotions aussi fortes, j'avais toutes les peines du monde à émerger. Mais les coups redoublaient d'intensité.

— Myrtille, c'est moi, c'est Raph, t'es réveillée ?

— Non.

— Je peux entrer quand même ?

— C'est ouvert, vas-y…

Je me suis assise sur le lit et j'ai remis mes cheveux en place à la hâte. La porte s'est ouverte sur un Raph caché derrière des sacs en papier kraft.

— Petit-déjeuner, s'est-il exclamé.

— Qu'est-ce que c'est ? ai-je fait, étonnée, en posant un pied par terre.

Il a posé les sacs sur la desserte qui faisait face à la fenêtre et il m'a détaillée. C'est là que j'ai réalisé que je portais un de ses anciens tee-shirts, un grand truc vieux et informe à l'effigie de Tomb Raider.

— C'est toi qui as préparé mon sac… ai-je rappelé, mal à l'aise qu'il me voie dans cette tenue qui lui avait appartenu.

Raph n'a pas insisté. Mon trouble était si palpable qu'il avait choisi de passer à autre chose pour ne pas ajouter à ma gêne. Il a commencé à extraire le contenu du sac. Des yaourts, de la farine, du sucre, des œufs, de l'huile.

— Pouah, de l'huile au petit-déj, ils avaient plus de croissants ou quoi ?

— Patience, c'est pas fini…

Un saladier, un fouet à pâtisserie.

— Tu veux vraiment qu'on fasse un gâteau ? ai-je raillé.

J'ai fait semblant d'examiner la chambre et j'ai ajouté :

— Parce que je crois bien qu'ils ont oublié de nous mettre un four…

— Justement, c'est l'idée !

— Quoi ?

— Tu te souviens des gâteaux que ta mère nous préparait quand on était gosses ?

Évidemment que je m'en souvenais ! Ma mère était la déesse du gâteau. Enfin, du gâteau au yaourt pour être précise. C'est d'ailleurs le seul qu'elle savait faire. Ma mère, qui n'a jamais été une grande cuisinière, nous en fabriquait un chaque semaine, agrémentant parfois sa préparation de pépites de chocolat, de zestes de citron ou d'extrait de vanille. C'était là le seul pas de côté qu'elle s'autorisait dans son éternelle recette.

— Et tu te souviens qu'on adorait récupérer la pâte qui traînait au fond du plat ? a-t-il ajouté.

Évidemment. On se chamaillait même pour en lécher le plus possible. Cette pâte pas cuite, c'est un peu notre madeleine de Proust.

— On râlait parce qu'on préférait quand le gâteau n'était pas cuit et on ne comprenait pas pourquoi ma mère s'évertuait à le mettre au four… ai-je renchéri.

— Bingo !

— Tu veux dire qu'on va préparer un gâteau et manger plein de pâte crue ???!!!

— Yes !

— Tu sais que j'ai 10 ans d'un coup !

— Pas mieux !

Et nous avons explosé de rire.

— Hop, au boulot ! J'ai une faim de loup !

Un quart d'heure plus tard, nous étions penchés sur notre préparation, occupés à nous goinfrer jusqu'à la crise de foie de pâte à gâteau. Un régal ! Un plaisir ! Un interdit bravé ! Une sorte de rêve devenu réalité ! C'est fou comme parfois on se retient de faire des choses simples et qui ne portent pas à conséquence alors qu'on en meurt d'envie… comme si une barrière invisible s'était érigée dans notre tête, accompagnée d'un panneau : « Halte, pâte crue prohibée ».

— Alors ? a-t-il demandé entre deux lampées.

— Ch'est cro bon.

— Clair !

— Attends, j'ai une idée !

J'ai sorti mon téléphone portable et je nous ai pris en photo en mode rafale, la bouche remplie de pâte à gâteau, grimaçant devant un saladier qui se vidait à toute vitesse.

Le saladier terminé, nous nous sommes allongés sur mon lit défait, l'estomac pas loin d'exploser, ravis de notre coup. Au bout d'un certain temps, il m'a annoncé qu'il était temps que je me prépare.

— On va où ?

— Tu as rendez-vous.

— Avec qui ?

— Surprise !

— J'ai peur des surprises.

— Tu as confiance en moi ?

— Quelle question !

— Alors va t'habiller, ça va te plaire.

— Je crois que je vais d'abord aller vomir.

— Moi le premier !

Une heure plus tard, nous étions dehors, fringants ou presque. Commandé par la réception, un taxi nous attendait.

— Central Park, a prononcé Raph.

J'ai lâché, moqueuse :

— Ah d'accord, j'ai compris. J'ai rendez-vous avec les écureuils, c'est ça ?

Un clin d'œil. Ça a été son unique réponse.

Central Park irradiait sous le soleil de printemps. De nombreuses personnes, assises ou allongées à même la pelouse, profitaient de la chaleur conférée par les rayons. D'autres effectuaient leur jogging, des écouteurs enfoncés dans les oreilles. J'avais vu ce parc des centaines de fois par le biais d'un écran de télévision ou de cinéma. Et pourtant, il était à des années-lumière de ce que j'avais cru percevoir. Il était gigantesque. Cerné par la ville, il respirait pourtant le bon vivre.

Raph et moi marchions quand, avisant soudain un banc vide, Raph m'a suggéré qu'on s'y asseye. Il s'est levé au bout de quelques minutes.

— Je vais nous chercher un truc à boire.

— Je viens avec t…

— Non ! Toi, tu restes ici. Et tu ne bouges sous aucun prétexte.

Puis il a répété, en s'éloignant, les mains dans les poches :

— Aucun !

J'ai esquissé une sorte de rictus qui disait mon étonnement et ma répulsion des ordres – je crois même avoir tiré la langue –, et j'ai bougonné :

— T'es bizarre…

Il a haussé les épaules sans se retourner et il est parti d'un pas nonchalant. Je pouvais même l'entendre siffloter.

– 19 –

Maintenant.

Si seulement elle pouvait avoir raison…

Je cours dans la direction indiquée par la nageuse, à contresens de la majorité des personnes présentes : le spectacle terminé, les artistes et les techniciens sont déjà sur le départ. Si bien que le vrombissement de la fourmilière tient à présent davantage du bruissement d'ailes. À mesure que je marche, les couloirs se désertifient. Seules quelques âmes perdues errent encore.

Je trouve la pile d'accessoires en question, me penche dessus, fouille. Balance un coup de poing dans la montagne molle de tissus, de chapeaux et de morceaux de décors et jure à haute voix parce que je ne trouve rien, que ça m'exaspère et que je fatigue de ces ascenseurs émotionnels. Mon tatouage me brûle, ça ressemble à un rappel à l'ordre. Reprends-toi, tu vas y arriver. L'hystérie ne mène nulle part.

— Tout va bien ? frémit une voix.

Je glisse sur mes genoux, balaye les alentours du regard, croise la porte fermée de la loge de Danielle. Me reviennent alors les paroles de la régisseuse : « *Pas déranger. Ja-mais !* »

— Je suis derrière la porte, précise la voix. Alors, tout va bien ?

— Oui oui, fais-je en me relevant prestement, comme une enfant prise en faute.

— Vous ne devriez pas pleurer… poursuit la voix assourdie par le bois.

— C'est juste… la fatigue…

Je songe que je dois avoir l'air stupide à parler à une porte, dans ce couloir sombre et vide.

— La fatigue… c'est pénible… Il faut vous reposer…

— Je sais, je vais y aller d'ailleurs…

J'amorce un mouvement. La voix reprend :

— Mais que faites-vous ici, toute seule ?

— Je cherche mon sac.

— Il est comment ?

— Petit. Noir. Insignifiant.

— Il ne doit pas être si insignifiant s'il vous fait pleurer.

Je ne réponds pas. La voix embraye.

— J'ai un trouvé un sac, tout à l'heure.

— C'est vrai ?

— Approchez un peu…

— Vous me voyez là ? demandé-je, surprise, m'interrogeant sur l'emplacement de possibles caméras sacrément discrètes.

— Il y a un judas sur la porte, réplique la voix dans laquelle je perçois un filet d'amusement.

Je m'approche. La porte s'entrebâille. Seule apparaît une longue main, manucurée jusqu'au bout des ongles. Elle tient un sac.

— Ce n'est pas lui.

— C'est dommage.

— Comme vous dites.

La main se rétracte comme le cou d'une tortue, la porte se referme. Ne reste plus que le nuage d'une fragrance musquée pour arrondir ma déception.

Me voilà de nouveau seule avec moi-même. La voix veloutée de Danielle a disparu. Le silence est revenu, fissuré de temps à temps par le tumulte lointain de l'extérieur. Ça dure au moins trois siècles.

— Il est important ce sac ? demande-t-elle soudain.

Je sursaute. Je pensais que Danielle s'était évaporée.

— Un peu. Oui…

— Le bateau est vaste, mais il n'est pas infini. Vous allez le retrouver, c'est sûr.

Je la remercie. Ses paroles ne mangent pas de pain mais elles me réconfortent. Cela tient au moelleux sucré de sa voix, qui contraste avec la puissance que cette dernière dégageait tout à l'heure sur la scène.

Je m'apprête à m'éclipser quand la porte s'ouvre. Cette fois, Danielle se tient devant moi, drapée dans un peignoir en soie, les cheveux ondulés tombant dans son dos, le regard noir de khôl. Impeccable d'élégance et de féminité. Le genre de femme que je ne serai jamais.

— Vous avez envie de parler ?

— Oui, je crois que j'en ai besoin.

— Je vous sens très seule, note-t-elle.

J'essaie de sourire.

— Un peu, en ce moment, c'est vrai.

— Allez, entrez.

Elle se déporte sur la gauche pour me laisser pénétrer dans sa loge où un immense miroir cerclé d'ampoules recouvre tout un pan de mur. Sur une commode, des perruques habillent des têtes en bois. De longues robes pailletées patientent sur des cintres. Sur les murs, des photos en couleur ou en noir et blanc de Danielle sur scène ou en compagnie de personnalités, stars d'Hollywood ou hommes politiques que je reconnais sans peine. Je siffle, impressionnée :

— Du sacré beau monde !

— Ne vous fiez pas aux apparences, on peut être très entouré et pourtant très seul. « Un seul être vous manque et tout est dépeuplé »… Je suppose que vous connaissez cette citation de Lamartine…

— Cette phrase résume toute ma vie… murmuré-je, tout en me disant que l'intuition de cette femme est phénoménale.

À croire que mes tourments clignotent sur le bout de mon nez.

— Elle résume la vie de tous ceux qui ont du cœur, ajoute Danielle. Tisane ?

Elle appuie sur le bouton d'une bouilloire qui se met illico en marche. Quelques secondes plus tard, elle me tend une tasse fumante dans laquelle nage un sachet de verveine. C'est quand même fou de partager une tisane avec cette femme que personne ne semble connaître vraiment. Elle m'émeut : sa voix, son maintien, son allure. Elle est d'ailleurs. Je ressens soudain l'envie de lui dire combien son numéro m'a charmée.

— En parlant de cœur, j'imagine qu'on doit vous le dire sans arrêt, mais j'ai trouvé votre prestation… époustouflante.

Elle m'adresse un sourire timide, presque gêné, comme si c'était un compliment qu'elle n'avait pas l'habitude d'entendre.

Je me sens bien, dans cette loge, près de cette femme touchée par la grâce, et pourtant si simple derrière les froufrous et les paillettes. Mais le répit est de courte durée : accroché à ma ceinture, mon talkie-walkie s'anime. La voix de Jeryll grésille.

— Manon, tu es où ? Je ne te trouve pas, je voudrais te montrer ta cabine.

Je m'éclipse à regret.

— Vous reviendrez, n'est-ce pas ? s'inquiète Danielle quand je pars. Vous me la rappelez tellement…

Ses yeux se brouillent. Je promets.

– 20 –

Avant.

Devant moi s'étendait une grande coulée verte, coupée en deux par le ruban d'un chemin. De part et d'autre, des gens étaient allongés ou assis, seuls, en groupe, sur des plaids ou à même le sol. Des gamins avaient installé des mini-cages de football et s'amusaient à shooter dans un ballon en mousse. Un jeune couple, dont l'homme portait un bébé en écharpe, marchait en se tenant la main.

J'ai brièvement songé qu'ils nous ressemblaient, à Raph et à moi, et qu'on aurait pu être eux, si seulement… J'ai pris une inspiration, zieuté le ciel parfaitement bleu et j'ai esquivé au dernier moment le ballon en mousse qui m'arrivait droit dessus. Un enfant a esquissé un geste d'excuse à mon intention, tout comme les adultes qui l'accompagnaient, et l'image de nous, déguisés en famille parfaite s'est dissoute. Je me suis tournée vers le soleil, j'ai fermé les yeux, je me suis réchauffée en tâchant de concentrer mes pensées sur d'autres aspects de mon existence, ceux sur lesquels j'avais l'impression de pouvoir exercer un contrôle. Voir tous ces gens, ces familles, ces générations me donnait des envies de stabilité.

Un homme m'a dépassée, puis il a hélé quelqu'un derrière lui en dessinant de grands gestes pour signifier qu'il avait trouvé un endroit agréable où se poser. J'ai cru discerner un petit accent.

Des jumelles d'une quinzaine d'années ont couru jusqu'à lui, en suivant un petit chien blanc énergique, qui tenait dans la gueule une énorme balle rouge. Chacune des jeunes filles portait un grand panier. Après une seconde de ce que j'ai supposé être une concertation, elles ont commencé à s'installer, aidées par l'homme et par la femme qui venait de les rejoindre.

Une jolie famille, unie, heureuse de ces moments simples passés à quatre. Une famille comme j'en avais tant de fois rêvé.

Une sœur, moi qui ai toujours voulu en avoir une.

Un père, moi qui me suis toujours demandé à quoi aurait ressemblé ma vie si le mien ne s'était pas volatilisé, le jour de mes 4 ans.

L'homme m'a jeté un bref regard, avant d'étaler un plaid blanc et rouge sur l'herbe, pendant que sa femme y disposait des Tupperwares. J'ai détourné les yeux, mal à l'aise d'avoir été prise en flagrant délit de focalisation sur des inconnus.

— Ça va ?

J'ai sursauté. Raph s'est assis à côté de moi, deux cornets de frites dans les mains.

— Tu m'as fait peur !

— C'est ce qu'elles disent toutes !

— T'es bête.

— Ça dépend des jours… a-t-il riposté en me tendant les frites. Tiens.

J'ai croqué dans l'une d'elles. Mes yeux étaient irrésistiblement attirés par la famille qui pique-niquait face à nous. Quelque chose dans leurs mouvements, dans leur façon d'être et de se parler me fascinait. Jusqu'à la voix de cet homme à l'accent à couper au couteau.

— Tu le connais ? a lâché Raph.

J'ai secoué la tête.

— Bien sûr que non, mais je crois que j'aurais aimé. Ils ont l'air si… heureux.

Un oiseau s'est mis à piailler au-dessus de nous avant de s'envoler de l'orme où il s'était réfugié et qui nous offrait un peu d'ombre bienvenue.

— Il s'appelle Philip, a fini par annoncer Raph au bout d'un moment, entre deux bouchées.

Je me suis tournée vers mon ami.

— Philip ? ai-je répété, incrédule. T'es sûr que c'est pas plutôt Bertrand ? ou Bernard ? ou Thierry ? ou…

Il a posé ses doigts sur les miens et il m'a coupée :

— Myrtille, il s'appelle vraiment Philip.

— Philip ? Bon, okay, si ça peut te faire plaisir, j'abdique… ai-je répondu en suçotant une frite pour en absorber le sel.

Raph s'est balancé sur le banc d'une fesse à l'autre pour sortir de la poche de son pantalon son portefeuille d'où il a extrait une photo, avant de me la présenter, face contre terre. « Septembre 94 » était écrit au verso, au crayon à papier.

— Vas-y, prends-la.

J'ai avalé ma frite, posé le cornet sur le banc à côté de moi, frotté mes mains l'une contre l'autre pour éliminer le gras de friture et j'ai saisi le cliché qu'il me tendait en m'efforçant d'imposer le calme au pressentiment qui commençait à se faire jour dans mon ventre.

Raph ne me lâchait pas des yeux.

J'ai retourné la photo, au ralenti, comme pour faire durer l'instant.

Celui où je ne savais pas.

Sur la photo, une petite fille en gros plan rit aux éclats. Elle porte un chapeau pointu en carton vert et jaune, maintenu par un élastique autour de son manteau. À côté de son visage, celui d'un homme joyeux. Un sans-gêne dans la bouche, les joues gonflées, il ne va pas tarder à souffler. Je peux presque entendre le sifflet du cotillon et le plissement du tube en papier qui se déroule.

J'ai regardé Raph, j'ai eu peur de comprendre.

— Ça ne t'évoque rien ?

J'ai opiné tout en secouant la tête. Oui. Non. Perdue.

J'ai articulé, en désignant la fillette :

— C'est moi, là…

Il a confirmé d'un signe de tête.

— T'as pas trop changé, on reconnaît les grosses joues, a répliqué Raph dans une tentative de dédramatisation.

Mais son essai est tombé à plat. J'ai continué, comme si je n'avais rien entendu, en posant mon index près de l'homme sur la photo.

— Et là…

J'ai levé la tête d'un seul coup et me suis mise à fixer l'homme qui caressait son petit chien blanc avant de jeter la balle rouge au loin.

Le silence s'est installé, seulement brouillé par les chants des moineaux et le bruissement de leurs ailes dans les branches, les éclats de voix des gosses qui marquaient des buts et les aboiements du chien.

Mon père se tenait à quelques mètres de moi. Philip. Ou, Philippe plutôt.

Il a récupéré la balle rouge, a embrassé son épouse sur la joue et a raconté quelque chose qui a fait rire aux éclats celles que j'ai supposé être ses filles. Mes demi-sœurs.

Je n'en revenais pas.

— Tu veux que je te laisse ? a subitement interrogé Raph.

Pour toute réponse, j'ai agrippé son bras. Non, je le voulais près de moi. Je me serais noyée sans lui.

— Il sait que je suis là ? ai-je bredouillé quand j'ai recouvré l'usage de la parole.

— Non, mais je sais qu'il a envie de te voir, de te connaître. De t'expliquer, aussi.

— De m'expliquer ? ai-je répété, énervée soudain. De m'expliquer la raison pour laquelle on s'enfuit en laissant derrière une mioche de 4 ans ? de m'expliquer pourquoi on ne donne jamais de nouvelles ? pourquoi on n'envoie même pas une carte pour un anniversaire ? Tu te rends compte que j'ai cru qu'il était mort !

— Tu sais, Myrtille, les choses sont parfois plus compliquées qu'elles en ont l'air. Il arrive qu'on fasse des choix parce qu'on est convaincu que ce sont les meilleurs possible, quitte à se tromper et à ne s'en rendre compte qu'une fois qu'il est trop tard.

J'ai levé la main pour le faire taire. Moi qui avais passé la première partie de ma vie à attendre mon père, et la seconde à attendre Raph, j'avais du mal à encaisser que le second puisse défendre le premier.

Mais il a poursuivi :

— Il se peut que ce type soit un pourri égoïste. Il se peut aussi qu'en partant il vous ait offert, à toi et à ta mère, la meilleure des existences. Il se peut qu'il soit parti par amour. Il se peut qu'il se soit sacrifié. Les possibilités, c'est comme les routes, il y en a des millions. Mais la tienne de route t'a conduite ici et maintenant, devant lui. Tu as aujourd'hui la possibilité de comprendre, d'apprendre et de pardonner. Tu as aussi la possibilité de passer ton chemin, si tu penses que c'est mieux pour toi. C'est toi qui décides. Mais tout ce que je peux te dire, c'est que Philippe t'attend.

— Il sait que je suis sur ce banc ?

— Non.

— Comment tu as fait pour le retrouver ?

— Par le plus grand des hasards, lors d'une de mes escales à New York. Tu vois, il existe des petits miracles.

À chaque escale, on organisait une réception pour réunir les expatriés du coin. Quand j'ai cru comprendre qui il était, j'ai effectué quelques recherches pour être sûr. Et je suis rentré en contact avec le concierge de son immeuble. Depuis, on se donne des nouvelles régulièrement. Il m'a appelé ce matin pour me dire que ton père serait à Central Park, à l'endroit habituel.

— Tu me l'as caché depuis toutes ces années ? ai-je constaté, au bord des larmes, oscillant entre désarroi et incompréhension.

— Non, j'ai attendu le bon moment…

— Ouais, ai-je soupiré, amère, on a tous le même problème finalement, tout le monde attend le bon moment…

Il n'a pas relevé – soit qu'il ait considéré que l'instant n'était pas à la polémique, soit qu'il n'ait simplement pas compris mon allusion –, et il a ouvert ses bras pour que je puisse m'y blottir. Et j'y ai pleuré tout mon saoul. J'ai pleuré sur toutes ces années passées à essayer de comprendre les raisons qui font qu'un père se volatilise, ces mensonges servis par ma mère pour me protéger d'un trop plein d'amour envers un homme qui n'était plus là, ces efforts dingues consentis par mon ami, le meilleur qui soit, pour que je puisse enfin trouver des réponses à mes questions. Et ce voyage complètement fou, qui n'avait finalement d'autre but que celui de réunir un père et sa fille.

— Je te déteste, ai-je bredouillé en m'essuyant contre l'encolure de son vêtement. Mais merci. Merci du fond du cœur.

Il a répondu en caressant mes cheveux :

— Par contre, moi, je ne suis pas sûr de te remercier, vu l'état de mon polo.

J'ai pouffé. Là, lovée contre lui, moitié en vrac, moitié fichtrement heureuse, à quelques mètres seulement de ce père que je croyais disparu à jamais.

Raph a attendu que je recouvre mes esprits et que je sois à nouveau maîtresse de mes émotions, puis il a ouvert ses bras, comme pour m'autoriser à prendre mon envol. Je lui ai adressé un sourire douloureux et je me suis éloignée en direction de la famille.

Moins de cinq mètres nous séparaient. C'est fou comme il en faut du temps pour traverser cinq mètres. Des années, des mois, des interrogations, des souffrances, des fables, des résignations.

Cinq mètres. Puis quatre. Puis trois. Et mes pieds, s'alourdissant à mesure que je m'approchais.

Les jumelles étaient allongées sur le dos et partageaient une paire d'écouteurs. L'une d'elles battait la mesure avec son pied, l'autre avec son doigt. La femme courait après le chien qui courait après la balle rouge, tandis que son mari rangeait les vestiges du repas dans les paniers.

Deux mètres. J'ai pivoté vers Raph. Il m'a adressé un signe d'encouragement. J'ai dégluti.

Un mètre.

La femme a jeté la balle dans ma direction. Celle-ci a roulé jusqu'à mon pied droit avant de s'immobiliser. Le petit chien blanc s'est approché de moi, puis a reculé en jappant dans une attitude de jeu. Je me suis baissée pour ramasser le jouet. Il était tiède et lisse entre mes doigts, à l'image de la vie que semblait mener cette famille.

Je suis restée sans bouger une ou deux secondes en tenant la balle. Les aboiements du chien ont redoublé d'intensité, il s'agaçait de mon hésitation à lui rendre son dû. À travers la brume du tumulte de mes pensées, j'ai vu la femme s'avancer vers moi, la mine inquiète.

— *Are you alright* ?

J'ai acquiescé et j'ai senti ma salive devenir aussi épaisse qu'un potage en plein été. De près, la femme était encore plus belle. Des cheveux châtains noués dans un chignon flou, un regard empli de sagesse et de bienveillance. Elle n'avait plus 20 ans depuis longtemps, bien sûr, mais tout en elle respirait la douceur et inspirait le bonheur.

J'ai regardé tour à tour ses filles et son mari qui, dans une autre vie, avait été mon père. Je l'ai regardée, elle. Et j'ai su que rien ne guérirait la blessure d'un abandon, que le temps ne se rattrape pas et qu'il ne servait à rien d'abîmer les liens d'une famille pour recoller les morceaux d'une autre. Alors je lui ai rendu la balle. Et je suis partie, le cœur gonflé d'une tristesse diffuse et d'une profonde gratitude envers Raph qui avait imaginé ce stratagème pour me guérir tout en m'offrant le luxe de choisir.

Quand il a compris que la messe était dite, Raph s'est levé et m'a rejointe. Pas une question, pas une remarque, pas un reproche. Raph, quoi.

Juste deux mots, et sa main dans la mienne :

— Allez, viens.

– 21 –

Maintenant.

J'ai fait un cauchemar. J'arrivais sur le port de New York ; Raph était là, à quelques mètres de moi, derrière une vitre de plexiglas. Je l'appelais, lançais des coups de poing contre la paroi, mais il ne me voyait pas. Un homme, qui avait les traits de Mary O-Brian, montait la garde devant une porte. Au bout d'un moment, il a ouvert. Je me suis alors précipitée dans les bras de Raph, qui s'est aussitôt évaporé, pour se reformer dix mètres plus loin, dans les bras d'une autre femme qui tenait un chien hilare – si si, un chien peut être hilare, celui-là en tout cas y parvenait très bien – au bout d'une laisse. Il se nommait Marco.

Je me suis réveillée en sueur, paniquée. À présent, je fixe le plafond, la table de nuit, la porte de la cabine, le mur où personne n'a jugé utile de creuser le moindre hublot et je me demande l'heure qu'il est. J'ai envie de prendre l'air.

Je suis sur l'un des ponts. La mer, le vent, les embruns, des oiseaux aux ailes gigantesques planant sur l'aurore. L'infini devant moi. C'est sans doute fou d'être là, je suis sans doute cinglée d'avoir grimpé sur le *King of the Seas*. Mais notre histoire le mérite. Il n'y a pas de distance assez grande ou d'océan assez vaste pour nous gâcher. Je crois en l'amour, c'est un problème.

Raph. Mon Raph.

Un groupe de quatre croisiéristes éméchés titubent derrière moi. Deux hommes, deux femmes. Ces dernières sont pieds nus, leurs chaussures à talons pendent à leur poignet. Ils crient. 18, 20 ans ? Ils semblent si jeunes. Je frémis à l'idée que notre histoire est aussi vieille qu'eux. J'envie la simplicité de leur existence que je devine à leur manière de défier le ciel. Je les envie de ne rien savoir encore.

Je me détourne d'eux. Mon regard s'arrime à l'aube naissante. Et à la promesse de cette nouvelle journée. Chaque jour qui passe, chaque vague qui roule sous l'énorme paquebot me rapprochent un peu plus de mon but.

Enfin, si je trouve mon sac. Parce que sinon…

Bref. Ma mère m'a toujours dit qu'il fallait y croire. Alors on va dire que j'y crois. Même si bon.

Il est maintenant 9 heures du matin. Je termine ma toilette grâce aux produits laissés à mon intention par Jeryll et Jaya, quand mon prénom crépite dans le talkie-walkie.

— Manon, employée polyvalente, vous êtes attendue au cinquième étage. Pont 5.

Pont 5. Cinquième étage. L'étage des premières classes. C'est parti pour une nouvelle mission.

Je rejoins au pas de course le point de rendez-vous où m'accueille un petit homme blond et joufflu. Le Magic Génie, le concierge en chef des VIP, le gardien du temple. J'arbore mon plus beau sourire, un sourire à dents. Son sourcil gauche se met à tressauter. Les paroles de Jeryll me reviennent alors : *« Il n'aime pas les dents. Il fait une fixette sur la dentition des gens. »*

Je referme illico ma bouche pour lui offrir, à la place, un sourire crispé. Avantage : le sourcil du Magic Génie se détend. Inconvénient : avec un sourire pareil, j'ai une mine aussi avenante que le dernier chocolat d'une boîte.

— C'est vous la polyvalente ?

Premier contact un peu frisquet, le type n'a pas l'air commode. Je fais signe que oui, tout en prenant soin de ne pas montrer un millimètre d'émail.

— Le baby-sitting, ça vous parle ?

— Euh, oui, moyen, je ne suis pas forcément à l'aise avec les enf…

— Très bien, vous verrez, celui-là est un amour. Et le dog-sitting ?

— Euh, oui, là encore, ça dépend, j'ai un peu peur des ch…

— Très bien, très bien, le chien aussi est adorable.

Il est sourd ou il se fiche de mes réponses comme de sa première chemise ?

— De toute façon, poursuit-il, vous êtes la polyvalente. La polyvalence, c'est votre dada, n'est-ce pas ?

Évidemment, vu sous cet angle…

Il marche. Je le talonne.

— Je vous explique : les parents sont des gens extrêmement fortunés qui ont prévu de passer la journée avec des amis. Autrement dit, interdiction formelle de les déranger. Et ce, quoi qu'il se passe.

— Mais s'il y a un accident ?

Il s'immobilise, se tourne vers moi :

— Il n'y aura pas d'accident, tranche-t-il. Nous offrons un service parfait à nos clients. Par-fait. Nous sommes d'accord ?

Je claque les talons à la manière d'un soldat, en me morigénant instantanément parce que j'ai l'impression d'en faire des tonnes.

— Tout à fait.

Il se remet en route.

— Bon, première étape, nous allons vous récupérer un uniforme. Je vous accompagne. Ensuite, nous monterons.

— D'accord.

— Dites-moi, vous avez pris un mauvais coup sur la lèvre supérieure ? Votre diction est étrange.

Je rougis. S'il croit que parler sans montrer ses dents est chose aisée… Il se retourne, me quitte des yeux, et je ne peux pas m'empêcher de montrer mes dents à sa nuque en retroussant mon nez. Il pivote vers moi, je range derechef mes quenottes, comme si de rien n'était, fière d'avoir pulvérisé l'interdit.

— Tout va bien ?

— Oui, oui.

Quinze minutes plus tard, il me scrute minutieusement, de haut en bas. Tel le prédateur épiant sa proie, il chasse le faux pli.

— Un service irréprochable commence par une tenue impeccable.

Je me retiens de répliquer que pour garder un gosse et un clébard, un jean et des baskets me semblent plus indiqués.

Satisfait de mon uniforme, il rentre dans le vif du sujet. L'enfant est un garçon de 7 ans prénommé Guillaume-Alexandre – pas Guillaume ni Alexandre, j'insiste. Quant au chien, c'est un yorkshire. Schoko-bon.

— Comme les bonbons au chocolat ?

— C'est exact. Moi, je n'en mange jamais. C'est très mauvais…

Je coupe :

— Pour les dents ?

— Vous apprenez vite. C'est bien.

S'ensuit le curriculum vitae complet du père, de la mère et la généalogie de la famille sur trois générations. Lorsque nous parvenons devant la porte des clients, leur pedigree n'a plus aucun secret pour moi. J'ai même l'impression que leur livret de famille tapisse la partie haute de mon crâne.

Le Magic Génie toque. Trois coups secs. La porte s'ouvre. Devant nous, un couple en tenue estivale : longue robe à motifs fleuris, chapeau large et masque effet mouche pour elle ; short et chemisette en lin clair, chaussures bateau bleu marine pour lui.

Le Magic Génie me présente – « la crèèmmmmme des baby et dog sitter » – pendant que la femme attrape un petit yorkshire aux griffes peinturlurées de vernis rouge. Je cache machinalement mes moignons de doigts aux ongles rongés. Je ne fais pas le poids contre le york.

— Schoko-bon, m'annonce-t-elle avec un accent slave, tout en caressant la tête de son chien.

Le chien me fixe en émettant un long grognement.

— Gentil, *Darling*, fait-elle en tapotant son museau.

Elle m'explique qu'il n'aime pas le froid ni le chaud. Ni la nourriture trop riche ni les sols qui ne sont pas traités, rapport à ses coussinets fragiles. Qu'il est allergique au gluten. Qu'il prend des vitamines à midi trente précis. Qu'il grignote les tapis quand il s'ennuie. Qu'il aime regarder la télévision, surtout les comédies musicales. Et qu'il est très sociable. Sauf avec les hommes et les autres animaux.

Je note en silence que cela supprime quand même un sacré pan de l'univers.

À côté, le mari souffle et s'impatiente. Il rappelle à son épouse qu'ils ont rendez-vous, et qu'on ne fait pas attendre Anne et Richard. Elle se penche alors sur le chien qui n'a pas cessé de grogner – je le soupçonne de ne pas beaucoup aimer les jeunes femmes non plus –, l'embrasse sur la truffe et lui recommande d'être bien sage.

— Nous serons là vers 18 heures.

S'adresse-t-elle à moi ou à son chien ? Je parierais sur le chien.

Ils sortent, suivis par le Magic Génie. La porte claque. Avant de s'ouvrir à nouveau, sur la tête de la femme :

— J'oubliais le plus important : ne lui donnez jamais, jamais, sous aucun prétexte, de viande.

Et elle repart sur cette dernière précaution qui ressemble étrangement à celle du film *Gremlins* dans lequel il ne fallait surtout pas donner à manger après minuit à Mogwaï, même si ce dernier se roulait par terre en implorant.

N'importe quoi…

J'observe en biais Schoko-bon qui s'attaque déjà au tapis sous la table basse. Il ne perd pas de temps. Tout comme ses maîtres, qui n'ont pas jugé utile de me présenter le petit Guillaume-Alexandre. Adossé à l'encadrement d'une des portes de l'énorme suite, il est en train de me fusiller du regard.

Je prends une grande inspiration. Après tout, un yorkshire qui s'intitule comme une friandise et un gamin aux joues aussi roses qu'une fraise Tagada ne peuvent pas être complètement mauvais, si ?

Si.

– 22 –

Avant.

Le nom de la chanteuse s'affichait en lettres énormes.

— Le concert de Cher ? ai-je hurlé en poussant des petits cris entre chaque mot. En VIP ! Mais tu es complètement taré ! Comment t'as fait un truc pareil ?

Raph a décoché un clin d'œil.

— Secret professionnel, un magicien ne dévoile pas ses trucs.

Je tenais les billets dans ma main. J'étais folle de joie. Depuis que j'avais entendu *I got you babe* pour la première fois, je vouais un véritable culte à cette chanteuse qui avait su traverser les époques, à coup de tubes et de bistouri. Elle me fascinait. Avec plus de 100 millions d'albums vendus au compteur, sa voix de contralto puissante et veloutée, son corps dingue et son charisme qui crevait l'écran à chacune de ses apparitions, Cher était mon icône ultime. La voir en concert était un de mes plus grands rêves.

I got you babe était la chanson préférée de ma mère. Elle mettait systématiquement le *Best of* de Cher quand elle faisait le ménage ou préparait le repas, en sourdine dans un casque ou, plus souvent, à fond dans le salon et la cuisine. Elle sifflait, chantait et dansait en rythme, tout en touillant la purée Mousline ou en passant l'aspirateur. Le rythme était si contagieux que sa passion m'a très vite contaminée. Ainsi, dès 5 ans, je me suis mise à entonner les paroles en mode yaourt avec ma mère qui ne faisait pas beaucoup mieux en matière d'efforts linguistiques. Mais on s'en fichait, on dansait, on chantait, on s'amusait, et ça nous convenait. Notre existence à deux s'est donc construite sur l'air de *The shoop shoop song* (*Is it in his eeeeyyyyyes? Oh no! You'll be deceiiiiiived…*), *Believe* (*Do you beliiiiieve in love after love ?*) ou, encore, *If I could turn back time* (*If I could turn back tiiiiiiime, if I could find a wayyyyy…*)

Raph est donc arrivé dans ma vie après Cher. Et il s'en est accommodé de bonne grâce, acceptant même de propulser *I got you babe* au rang d'hymne officiel de notre histoire balbutiante. Nous avions alors 13 ans, quelques boutons d'acné, sa voix partait dans de drôles d'aigus quand il beuglait *I got you babe*, la mienne tentait d'imiter tant bien que mal – plutôt mal que bien d'ailleurs – les vibratos des chanteuses à la mode. Il faisait Sonny, je chantais sur la partie de Cher. Et ça devait durer toujours.

Et dire que j'allais assister au concert de cette chanteuse que j'adulais et dont les mélodies avaient constitué la bande originale du film de ma vie… Entre mon père que j'avais finalement décidé de ne pas revoir et Cher, Raph avait décidément fait les choses en grand et n'avait pas lésiné sur les moyens.

Et pour cause…

La lumière s'est tamisée, les cris ont fusé de part et d'autre de l'immense salle, j'ai retenu mon souffle, Raph a applaudi. Soudain, Cher est apparue dans un écrin de lumières et de fumigènes, vêtue d'une combinaison transparente, de cuissardes en cuir, surmontée de sa chevelure de lionne. Et le concert a commencé, un concert mené tambour battant pendant près de deux heures au cours desquelles Raph et moi avons entonné ses plus grands tubes, à l'unisson des milliers de personnes venues l'applaudir. Nous avons dansé et hurlé, profitant à fond de chaque seconde. Parfois, le souvenir de l'après-midi s'invitait et la tristesse de n'avoir pas su rencontrer mon père me submergeait. Mais Raph était avec moi, guettant sans cesse le moment de flottement, prévenant et s'excusant d'avoir été à l'initiative de ce qui lui paraissait être un fiasco.

Quand les premières notes de *I got you babe* ont résonné, Raph a saisi ma main. Nos doigts entrelacés se sont élevés par-dessus la foule, tandis que nous beuglions les paroles de cette chanson. De notre chanson.

Il m'a regardée.

Je l'ai regardé.

Je l'ai trouvé beau. Je l'ai trouvé bouleversant. Je nous ai trouvés inséparables et j'ai senti, pendant que mon cœur rayonnait, que notre histoire commençait à cet instant. La voix de Cher dans nos oreilles et cette chanson, comme un pont entre notre passé et notre avenir. J'ai réalisé que peu importe les efforts que je consentirais, pas un homme ne pourrait détrôner les sentiments que j'éprouvais pour Raphaël.

Je l'ai regardé.

Il m'a regardée.

Et là, dans la chaleur de son regard qui m'enveloppait, j'ai eu la certitude que nous partagions la même conviction. La certitude d'être faits l'un pour l'autre. La certitude que, peu importe les chemins de traverse qu'il nous aura fallu prendre, nous devions passer notre vie ensemble et que ça commençait maintenant. La certitude que nous avions déjà trouvé ce que nous nous évertuions à chercher. L'amour. Il est parfois des certitudes qui vous prennent à la gorge et vous coupent la respiration en même temps qu'elles vous ouvrent des horizons infinis.

Il m'a regardée.

Je l'ai regardé.

Et le concert s'est achevé comme dans un rêve, dans les applaudissements fournis d'une assistance en verve, bande-son de la renaissance de notre histoire.

Sur le chemin du retour, aucun de nous n'a parlé. Aux grands mots, je préférais le silence qui ne risquait pas d'abîmer la magie de cette soirée, optant pour le bonheur contenu prenant le temps de son envol plutôt que pour des paroles maladroites et forcément à côté de la plaque.

Nous sommes arrivés à l'hôtel, exténués de ce trop-plein d'émotion, tremblant tels deux adolescents timides sur le point de se perdre en effusions et en serments. Il m'a raccompagnée devant la porte de ma chambre. Il s'est approché de moi. Je me suis mise sur la pointe des pieds et j'ai effleuré ses lèvres.

Il ne s'est pas détourné.

Il est resté droit comme un I, poli, respectueux.

Et mon baiser s'est perdu dans les méandres de son indifférence. Il ne me l'a pas rendu. Et il a murmuré :

— Je ne peux pas, je suis désolé.

J'ai répondu que je comprenais. Avant de hurler que je ne comprenais rien du tout, que tout ça, ce voyage, c'était quoi au juste, c'était pour me faire du mal, pour me faire croire des choses qui n'arriveraient jamais, qu'il s'était bien fichu de moi. J'ai beuglé que j'en avais marre de souffrir à cause de lui.

— Alors quoi, c'est quoi le but de tout ce cirque, Cher, le catch, le voyage à New York en première, la surprise, ça sert à quoi si tu veux pas de moi ? Ce n'est quand même pas pour me demander d'être témoin à ton mariage, si ?

J'étais folle de rage.

Il a ouvert la bouche avant de ravaler sa réponse puis il a baissé la tête, muet. En colère contre lui et contre moi, triste, épuisée, je me suis réfugiée dans ma chambre que j'ai fermée à double tour et où j'ai fini par m'endormir, espérant en vain que Raph finirait par venir m'y rejoindre.

Le lendemain, il est venu gratter à ma porte.

— Myrtille, c'est moi, c'est l'heure, notre taxi doit nous récupérer dans trente minutes.

— Dégage, je ne veux pas te voir, ai-je lancé de ma voix éraillée par les larmes et le sommeil.

De l'autre côté de la porte, il y a eu une pause, un soupir.

— Comme tu voudras.

Le chuintement d'un papier et des bruits de pas qui désertent le champ de bataille. J'ai entrebâillé la porte pour m'assurer que Raph n'était pas derrière, avant de l'ouvrir en grand et de découvrir, sur le seuil, un bocal rempli à moitié de terre. Au centre trônaient six petites fleurs jaunes, rondes comme des pompons. Des immortelles. Un message était accroché à l'aide d'un petit ruban ocre, accordé aux fleurs : « Pardonne-moi. »

Mais le mal était fait. Et il ne datait pas d'hier. Des années que j'attendais Raph, des années que je nous rêvais un avenir commun. Je revivais le traumatisme de son départ pour la marine, quand il avait préféré la mer à notre amour. Mais je n'étais plus cette gamine énamourée, j'étais une femme plus ou moins accomplie et je ne lui pardonnerais pas si facilement de m'avoir fait miroiter tant de choses.

Bien, il ne voulait pas de moi. Alors il n'aurait plus droit non plus à mon amitié. Je n'étais pas livrée en kit, mes sentiments n'étaient pas divisibles.

J'ai attrapé le pot de fleurs et en ai jeté le contenu dans la poubelle de la chambre, déposant ensuite le pot vide sur le lavabo au cas où quelqu'un aurait envie de le récupérer. Au fond de la poubelle, à côté de la terre et des graviers d'ornement, gisaient tristement les petites immortelles couleur de soleil, au milieu des disques de cotons et des mouchoirs. J'ai eu un pincement au cœur en découvrant les fleurs mêlées aux détritus, mais je n'ai pas faibli. Ma colère était à la mesure de ma peine, insondable et vertigineuse.

Le reflet du miroir me renvoyait l'image d'une jeune femme cernée, le visage rougi d'avoir trop pleuré. Sur mon épaule, le tatouage dessiné moins de quarante-huit heures plus tôt m'agressait et paraissait clignoter pour me rappeler tout ce que j'avais perdu. J'ai attrapé du maquillage et je l'ai recouvert comme j'ai pu. Cela m'a apaisée. À peine plus d'une seconde.

Je suis finalement descendue dans le hall de l'hôtel et, sans un regard pour Raph, j'ai traîné mon malaise jusqu'à la sortie où un taxi nous attendait.

Le trajet vers l'aéroport s'est effectué dans le mutisme et l'amertume. Idem durant l'attente dans le salon des premières classes de l'aéroport. Idem dans l'avion qui nous ramenait à Paris. Huit heures où, confinés dans un silence pesant, nous ne nous sommes pas adressé la parole et où Raph s'est contenté d'éviter mon regard lourd de reproches et d'acidité.

Enfin, au terme d'un voyage fastidieux, nous sommes parvenus à l'aéroport de Roissy.

Après le passage des douanes, il a esquissé un geste vers mon sac pour m'aider à le porter. J'ai reculé mon épaule. Je n'avais besoin ni de son aide ni de sa commisération.

— Ma voiture est dans le parking 2, tu te rappelles ? a-t-il tenté quand il a réalisé que je partais dans la mauvaise direction.

— Je ne rentre pas avec toi.

— Mais enfin, Myrtille, tu ne vas pas m'en vouloir jusqu'à la fin des temps…

— Non, peut-être pas. Mais je ne veux plus jamais te revoir.

Là-dessus j'ai filé. Sans me retourner.

Et sans soupçonner une seule seconde ce qui allait suivre.

– 23 –

Maintenant.

Le petit garçon me scrute sans un mot, immobile, comme vissé à l'encadrement de la porte.

Je tente, en m'efforçant d'adopter un ton enjoué, quitte à en faire des caisses :

— Bonjour ! Tu es Guillaume-Alexandre, je suppose ?

Il reste mutique. Ses yeux me foudroient. Ça ne va pas être de la tarte. J'insiste.

— Tu as un joli prénom. C'est original.

— C'est super moche.

— Ah ? Bon.

Je ne peux pas lui donner complètement tort. Pourtant j'ajoute, histoire de briser la glace :

— Je t'assure que c'est pas mal. Prends mon prénom. Je m'appelle Manon. On peut pas dire que ce soit très exceptionnel. Mais tu peux aussi m'appeler Myrtille. C'est mon surnom. Tout le monde m'appelle comme ça.

— Je déteste, c'est encore plus moche que Guillaume-Alexandre.

Pan, dans mes dents. Mioche : 1 – Manon-Myrtille : 0.

À mes pieds, Schoko-bon est en train de tirer sur un énorme fil en feulant et en secouant la tête à toute vitesse. Si je le laisse continuer, il va démonter le bateau. Je me penche sur lui.

— Schoko-bon, arrête !

Indifférent à mes protestations, Schoko-Bon poursuit la destruction du tapis. La bouche de Guillaume-Alexandre s'écorne alors d'un sourire sardonique. Il me fait penser à Gargamel sur le point de bondir sur une brochette de schtroumpfs.

— Tu peux lui dire de cesser, s'il te plaît ? Il devrait t'écouter, toi…

— Non.

— Mais pourquoi donc ? fais-je en plaçant les mains sur ma taille pour me donner une contenance.

— J'ai pas envie.

L'expression « tête à claques » a dû être inventée pour cet enfant. Conciliante, je m'efforce cependant de trouver un terrain d'entente.

— C'est toi qui as décidé de l'appeler Schoko-bon ?

— Oui.

— Tu as de très bonnes idées. Qu'est-ce qui t'a donné envie de lui donner ce nom-là ?

— Ses couilles.

Je manque de m'étouffer.

— Ses quoi ?

Visiblement irrité, l'enfant lève les yeux au ciel avant de s'approcher et de soulever sans ménagement le petit chien. Le fil, que ce dernier tient dans sa gueule, s'allonge de toute la hauteur du gamin. Mes pupilles s'écarquillent d'horreur. Le tapis n'est plus qu'une boulette de souvenirs. Je risque d'avoir des problèmes.

— Là, fait le gamin en tenant le ventre du chien aussi haut qu'il peut. Ses couilles. On dirait des Schoko-bons.

Je me penche sur le york et constate avec un certain amusement que le gosse a raison, les testicules du chien ne sont pas sans rappeler les bonbons qu'on offre à Pâques.

— On ne dit pas « couille », lui dis-je quand même, pour la forme.

— On dit « testicule », répond le gosse sans s'émouvoir. Mais c'est moins drôle.

Certes.

— Tu faisais quelque chose avant que j'arrive ?

Il repose le chien qui entreprend aussitôt de dépiauter un coin de moquette. Après tout, là où il y a de la gêne, il n'y a pas de plaisir.

— Un dessin.

Un dessin. C'est bien ça, c'est calme, tous les gosses du monde font des dessins…

— Tu as envie de me le montrer ?

Il refuse.

— D'accord, comme tu veux. Et sinon, tu as envie de faire quelque chose de particulier aujourd'hui ?

— Je veux aller à la piscine.

Je respire. Emmener un enfant à la piscine, ça va, c'est dans mes cordes.

— Tu prends tes affaires et on y va ?

Le gamin disparaît dans sa chambre et reviens, quelques minutes plus tard, vêtu d'un maillot de bain jaune, le cou enveloppé dans une serviette blanche à l'effigie du *King of the Seas*.

— On est partis !

— Schoko-bon…

— Quoi, Shoko-bon ?

— Il ne reste jamais tout seul. Il n'aime pas ça. Ça lui donne de la diarrhée.

Allons bon. Je me tourne vers le chien qui gratte à présent le canapé. À la recherche d'un trésor, sûrement. Je soupire.

— Et il a une laisse, Schoko-bon ?

— Ici, répond Guillaume-Alexandre en pointant son index vers un meuble bas où attendent un panier rouge, une petite laisse en strass rose et un harnais scintillant.

— Le panier aussi ?

— Oui, à cause de ses pattes.

— Ah oui, ses coussinets… c'est vrai, ta maman m'a dit…

J'appelle d'une voix doucereuse :

— Schoko-bon, on y va…

Le yorkshire lève sa truffe dans ma direction, sans cesser de brutaliser le pauvre canapé qui doit bien coûter une petite fortune.

— Allez, viens mon chien.

Les oreilles en arrière, il se méfie. Recule.

— Petit toutou…

Heureusement que le ridicule ne tue pas.

— Mon toutou, on va se promener, gentil toutou…

Je m'approche. Il se fige. Je tends les bras. Il grogne. Je grogne. Il aboie. J'aboie. Devant la mine effarée de Guillaume-Alexandre.

— C'est tactique… lui expliqué-je.

Il n'a pas l'air très convaincu.

Brusquement, le chien saute en bas du sofa et se met à galoper d'un bout à l'autre de la pièce, la queue en l'air, les oreilles à l'affût du moindre bruissement. Il joue. Et moi, je cours derrière. Quand je ne réagis pas assez vite à son goût, il jappe. Je m'épuise. Ce petit diable couvert de poils possède l'énergie d'un lapin.

C'est fou ce que c'est grand, une suite de cinquante mètres carrés.

Parfois, Schoko-bon s'arrête et m'observe. Il ahane, semble vouloir jouer la carte de l'apaisement. L'espoir m'envahit alors. Une seconde à peine puisque, immanquablement, il déguerpit à nouveau dès qu'il me juge trop proche. Il me nargue. Je m'essouffle, mes pieds se prennent à plusieurs reprises sur les amas de moquette et de tapis grignotés. À chaque fois, je jure. À chaque fois, Guillaume-Alexandre me rappelle à l'ordre, goguenard : « On ne dit pas "putain" ! », « On ne dit pas "fait chier" », « On ne dit pas "sale clébard de merde" ! », « Tu parles mal Myrtille, je vais le dire à Papa ! »

— Oh ! La barbe à la fin ! finis-je par m'écrier à l'intention du gosse qui ne m'aide pas beaucoup.

J'estime qu'au bout de quinze minutes de course effrénée dans l'énorme suite à poursuivre un chien dont les testicules ressemblent à des bonbecs, j'ai quand même le droit de sortir un ou deux gros mots. Mais le gamin n'apprécie pas ma réponse agacée : sa vengeance est à la hauteur de l'affront qu'il pense avoir subi.

L'air de rien, Guillaume-Alexandre se poste près de la porte d'entrée. Il sifflote, les mains derrière le dos. Soudain, il ouvre la porte en grand. Schoko-bon s'échappe.

— Noooooooon…

J'accélère, je le talonne dans les couloirs du *King of the Seas*, suivie par un Guillaume-Alexandre riant aux éclats de ma déconfiture. Je me plaignais que la suite était grande avec ses cinquante mètres carrés ; ils ne représentent rien à côté des kilomètres de couloirs du *King of the Seas*.

J'ai chaud, je manque de trébucher sur le chariot du room service, je déteste ce boulot, je déteste ce bateau, je déteste le mot « polyvalence ».

Un yorkshire poursuivi par une employée polyvalente engoncée dans une veste rigide, haletante et suant à grosses gouttes, elle-même poursuivie par un gosse en caleçon jaune avec une grosse serviette blanche autour du cou. Tu parles d'un tableau, on dirait du Benny Hill. Manque plus que la musique.

Je soupçonne ces deux-là, le mioche et le clebs, d'être de connivence. Je suis certaine qu'ils ont fomenté un complot et qu'ils ont monté une opération en-faire-baver-à-la-baby-dog-sitter.

En tout cas, on ne pourra pas me reprocher de ne pas donner de ma personne.

Ce voyage vers New York, je ne le vole pas.

– 24 –

Avant.

Je suis rentrée chez moi, triste et lasse, après plusieurs heures de train et de bus. Jamais je n'aurais pensé qu'un Paris–Saint-Nazaire pouvait revêtir des allures de voyage en galère interminable.

Fourbue, j'ai repris possession de mes quartiers – un petit appartement de deux pièces et un coin cuisine ouvert –, balancé mes chaussures au milieu du salon, jeté ma veste sur une chaise, allumé la télé, attrapé le pot de Nutella qui se morfondait au fond de mon placard, hésité entre une petite et une grande cuillère avant d'opter pour la plus large des deux, et je me suis avachie sur mon clic-clac, les jambes repliées sous un plaid qui sentait un mélange de parfum et d'adoucissant. Télécommande en main, j'ai zappé en me gavant de pâte à tartiner, jusqu'à ce que je tombe sur un film romantique, ce dernier achevant mon moral déjà en berne.

L'amour, quelle connerie ! Hollywood et Disney nous l'ont fait à l'envers, les princes charmants et les histoires qui se terminent bien n'existent que dans leur fiction Kinder. Sur l'écran, un couple s'embrassait sous la pluie avec fougue, pendant que moi, je compensais le vide intersidéral qui m'avait envahie par un mélange de sucre, d'huile de palme et de cacao écrémé.

Derrière la baie vitrée, le soleil déclinait. J'ai piqué du nez avec lui ; lorsque j'ai émergé, les lueurs des réverbères avaient remplacé la lumière du jour. J'avais dormi d'un sommeil lourd et sans rêve. Il faut dire que j'avais tant rêvé pour rien depuis mon enfance que je n'avais plus le moindre songe en stock.

Je me suis levée avec difficulté du canapé et je suis passée dans la salle de bains pour prendre une douche. L'eau glissait sur mes cheveux et sur ma peau mais n'avait aucun effet sur mon âme blessée. Par son attitude, Raph avait sonné le glas de notre histoire. Je ne voulais plus de lui, ni dans ma vie ni dans mes souvenirs. L'eau coulait, des larmes dévalaient mes joues et se mêlaient, à l'embouchure du conduit d'évacuation, à la mousse du gel douche. Je ne pouvais pas m'empêcher de penser à lui, à ce voyage, à ce que j'avais pris pour des promesses. J'avais la sensation d'avoir été flouée, trahie. À présent, tout était limpide, Raph m'aimait bien mais il ne m'aimait pas, il était temps pour moi d'affronter la vérité et de cesser de me cacher derrière des espoirs de midinette.

Grandis, Manon. Myrtille n'existe plus, il faut t'y habituer.

Je suis sortie de la douche. Lasse. Déprimée. La pièce était saturée d'humidité. J'ai essuyé les gouttelettes de buée qui s'étaient déposées sur le miroir et j'ai croisé le reflet de mon tatouage. J'ai secoué la tête, comme pour chasser l'image qu'il évoquait, enfilé un vieux pantalon de jogging, un tee-shirt large ainsi qu'une paire de chaussettes montantes. J'ai frotté mes cheveux dans la serviette et j'ai quitté la salle d'eau en traînant les pieds, en pensant vaguement qu'il me faudrait récupérer les clés que j'avais confiées à Raphaël lors de mon emménagement.

C'est idiot, les souvenirs ; ça s'invite sans qu'on y puisse rien, et puis ça vous empoisonne.

Mon emménagement. Raph, en sueur, qui ne ménageait pas sa peine pour m'aider à porter les cartons. Et ces murs qu'on avait repeints tous les deux pour recouvrir la couleur jaune pipi choisie par l'ancien locataire. Et ce parquet flottant, sous lequel on peut encore apercevoir des morceaux d'une immonde moquette grise et bleue. Et cette machine à laver, équivalente à un quinze tonnes, qu'il avait installée comme il avait pu parce que l'arrivée d'eau n'était pas aux normes.

J'ai entendu à nouveau nos rires quand il l'avait mise en route, tout fier, et qu'elle s'était mise à danser la macarena à force de vibrations. Le tuyau n'avait pas tenu, l'inondation avait été terrible, le constat avec le locataire d'en dessous édifiant, et mon arrivée dans l'immeuble très remarquée.

Mais ça nous avait fait rire.

Comme pour se cramponner à ces temps joyeux, mes yeux se sont portés vers elle. Une simple machine à laver. C'est alors que j'ai remarqué, par terre, un papier plié en quatre. Je l'ai ramassé. La lumière, trop faible, ne me permettait pas de lire. J'ai appuyé sur l'interrupteur et la cuisine s'est éclairée.

Tout comme le contenu du papier que j'avais déplié.

Et j'ai dû m'asseoir. Pour ne pas vaciller.

Une liste.

> – *Aller à New York;*
> – *Assister à un combat de catch;*
> – *Manger de la pâte à gâteau crue;*
> – *Voir Cher en concert;*
> – *Être auprès d'elle;*
> – *Réaliser SON rêve.*

Ce dernier item avait été entouré une bonne dizaine de fois.

Mon cœur n'a fait qu'un bond. Je comptais pour lui. Il n'y avait aucun doute.

Quelle idiote !

Je devais recoller les morceaux que j'avais brisés.

J'ai attrapé ma veste qui somnolait sur ma chaise, enfilé des baskets par-dessus mes grosses chaussettes et je suis sortie au pas de course.

J'ai traversé les rues, les avenues, le chantier naval, volant sur mes jambes pressées de le revoir, m'équilibrant grâce à mes bras qui n'attendaient que de le serrer fort pour lui dire à quel point je regrettais et l'implorer de me pardonner. J'avais été pressée, aveugle, incapable. Mais maintenant, je savais.

La nuit était froide ; je n'en avais cure, les ailes de mon amour me portaient. Enfin, je suis arrivée à une rue de chez lui. Plus qu'un croisement et je sonnerais à l'interphone, j'entendrais sa voix et tout cela ne serait plus qu'un vieux cauchemar, un malentendu dont on pourrait rire.

J'ai tourné au coin de la rue.

Et j'ai ralenti, interdite, incapable de donner le moindre sens à la scène qui se déroulait sous mes yeux.

Tout le monde a expérimenté ces moments étranges où le corps entier commande d'accélérer alors que les pieds, paradoxalement, ralentissent.

Le métro, par exemple. Il est juste devant, il s'apprête à refermer ses portes et pourtant, vous décèlerez, quitte à vous immobiliser complètement. Et vous le ratez.

Ou l'ascenseur.

Ou une rue qu'il vous faut traverser au plus vite, alors que le petit bonhomme va passer au rouge.

Instant bizarre où vous faites exactement le contraire de ce que votre raison vous impose.

On pourrait penser que je me suis précipitée. Mais non. Mon corps s'est raidi, en proie à une intuition terrible, mes orteils se sont recroquevillés au fond de mes chaussettes, un boulet invisible planté dans le sol entravant mes mouvements.

Seconde fatidique où tout est encore possible. Le mieux, le pire.

Se donner le temps d'osciller encore un peu…

Des éclairs bleus et rouges zébraient les façades des immeubles. Un fourgon de pompiers, grand ouvert, stationnait devant une voiture de police. Deux agents discutaient, adossés contre la portière. La porte de l'immeuble de Raph était maintenue ouverte par des plots. Brusquement, un brancard est apparu, poussé par trois pompiers. À côté d'eux, une petite femme.

Le silence a atomisé l'univers. Mon ventre s'est crispé. La petite femme, c'était la mère de Raph.

Son regard perdu a considéré la rue striée de lumières agressives avant de se cramponner à moi une demi-seconde et de repartir à l'assaut du fourgon où les pompiers installaient le brancard, comme si de rien n'était. Elle ne m'avait pas reconnue. Sa bouche s'ouvrait et se fermait, à la manière d'un poisson agonisant hors de l'eau.

Elle est montée dans l'ambulance.

Clac, a fait la portière.

Clac, a fait mon cœur.

Les sirènes ont mugi et j'ai recouvré l'usage de mon corps transi d'effroi. Je me suis précipitée à sa suite. Mais c'était trop tard : l'ambulance s'est éloignée dans la nuit, avant de disparaître. J'ai monté les marches, toqué à la porte de Raph, vociféré. Personne ne m'a ouvert.

« Bonjour, c'est Raph ! Laissez-moi un message, et je vous rappellerai. Ou pas ! »

J'avais entendu l'annonce de son répondeur au moins cent fois. Au début, je laissais des messages suppliants, à base de « C'est Myrtille, appelle-moi vite ! » ou « Il faut vraiment que tu m'appelles. »

Puis, je n'ai plus rien laissé, raccrochant sitôt que résonnait le « Bonjour, c'est Raph ! » L'angoisse me rendait muette, à court de mots.

J'ai aussi appelé sa mère. Des dizaines de fois. Le téléphone sonnait dans le vide et, à la fin chantait la sempiternelle annonce du répondeur. La chanson enregistrée de sa dernière classe, le jour de sa retraite, dont l'atroce gaieté contrastait furieusement avec l'inquiétude qui me rongeait.

On devrait interdire les répondeurs. Ils vous narguent, on dirait que la détresse les amuse.

Pendue à la fenêtre, j'ai regardé la nuit qui s'effondrait sur une aurore pastel, froide. J'ai appelé Raph, encore.

Un cliquetis. J'ai retenu mon souffle.

« Bonjour, c'est R… »

J'ai raccroché, soupiré, jeté mon téléphone sur le plaid en boule. L'ai mis hors tension avant de le rallumer, comme une adolescente naïve qui pense qu'éteindre un portable ferait venir le coup de fil qu'elle crève de ne pas recevoir.

J'ai rappelé sa mère. Une sonnerie, deux sonneries, trois sonneries. Et alors que je n'y croyais plus et m'apprêtais à m'avouer vaincue, elle a décroché. Sans prononcer le moindre mot.

— Catherine ? ai-je bredouillé.

À l'autre bout du fil, des gémissements. Le son de quelqu'un en train de se moucher. J'ai insisté, pensant que, peut-être, le téléphone avait été décroché par inadvertance et qu'il était coincé dans une poche ou au fond d'un sac.

— Catherine…

— Oh, Myrtille…

Les sanglots l'étranglaient.

— Catherine, je vous en prie, dites-moi ce qui se passe.

— Myrtille, ma chérie, Raph… il est… parti.

Une phrase, un uppercut. Le sol s'est dérobé sous mes jambes, je me suis effondrée sur le clic-clac. Le téléphone a glissé sur le parquet, dans le prolongement de ce bras que je ne sentais plus.

La voix douloureuse de Catherine grésillait dans le combiné, mortifiée.

— Allô ? Myrtille, tu m'entends ?

Je l'entendais, mais je ne l'écoutais plus. Tout tournait, la Terre, les mots, plus rien n'avait de sens.

— S'il te plaît, Myrtille, dis-moi que tu es là… Oh, Myrtille, Raph, il est… mon fils, mon bébé… je ne sais pas, je ne sais plus… je ne comprends pas… nous sommes… je suis à l'hôpital… oh mon Dieu, c'est un cauchemar…

J'ai repris le téléphone, guidée par la douleur de l'ancienne institutrice, et j'ai bégayé que j'arrivais, promettant que je ne serais pas longue. Juste le temps de rassembler mes affaires. Et mes forces. Et mes esprits. Et les miettes de mon cœur.

– 25 –

Maintenant.

Retour sur le paquebot où je m'échine à vouloir attraper ce maudit yorkshire, galopant devant Guillaume-Alexandre qui se plaint de trop courir.

Croisiéristes, employés éberlués, tout le monde s'écarte, à la vue de notre drôle de procession. Certains anticipent et se collent directement contre le mur pour nous laisser le champ libre, quand d'autres, moins prévoyants, ne se déportent qu'au dernier moment pour éviter l'impact. Sans compter sur les héroïques, ceux qui se calent solidement sur leurs jambes pour nous barrer le passage – le genre il-faudra-d'abord-me-passer-sur-le-corps – et dont les yeux s'agrandissent d'effroi lorsqu'ils constatent qu'ils ne pourront pas arrêter notre course-poursuite effrénée.

Il y a donc ceux qui regardent passer le train, et ceux qui le prennent. Comme dans la vie, quoi.

Parmi ceux-là, on compte différentes catégories : les compétiteurs, ceux qui aiment le défi et qui développent l'idée fixe d'être le premier à attraper le yorkshire ; les adeptes du sport qui ne manqueraient pour rien au monde une occasion de se décrasser les muscles ou de s'entraîner pour leur prochain marathon ; les compatissants qui, remplis de bonnes intentions, veulent offrir leur aide ; les spectateurs, qui courent pour être sûrs de ne pas louper l'épilogue de l'aventure ; les reporters, qui dégainent leur Smartphone en nous suivant au pas de course, quitte à réaliser un film inexploitable pour cause de « tremblotite aiguë » mais qu'ils s'empresseront d'envoyer sur les réseaux sociaux ; et ceux qui courent, juste parce qu'autres, devant eux, sont en train de courir aussi.

Bref, une course-poursuite aux allures d'étude ethnologique.

Ainsi, après plusieurs minutes, nous sommes une quinzaine à talonner Schoko-bon dans le dédale de couloirs. Ce chien a mangé du lion, ce n'est pas possible autrement.

Sans que je sache ni comment ni pourquoi c'est arrivé, Guillaume-Alexandre m'a dépassée. Le nouveau schéma diffère ainsi légèrement du premier : un chien – minuscule qui plus est –, un gamin en maillot de bain jaune et qui a dû faire tomber sa serviette dans l'action, moi, et derrière, une meute de quinze individus. Puis dix. Forcément. On ne possède pas tous la même endurance.

Notre course nous mène à l'extérieur, au bord d'une piscine où un animateur donne un cours d'aérobic en trois langues. Le chien se faufile entre les jambes des participantes sous les cris d'orfraie de ces dernières. Trois d'entre elles plongent dans l'eau, la peur sans doute.

Je salue Jeryll que j'aperçois dans son bar. Ce dernier me renvoie un salut indécis tandis que la surprise lui fait oublier qu'il est en train de servir un verre sur le point de déborder. Qui déborde, donc. Mais je n'ai pas le temps de m'en soucier, j'ai un gosse et un chien à vernis à attraper.

Je passe sur les transats au-dessus desquels on saute allègrement, sur les chapeaux qui volent, les lunettes de soleil piétinées, les tongs disséminées çà et là, les petits enfants qui tombent sur les fesses, les serveurs qui beuglent.

Je passe aussi sur le croisiériste qui lève un poing menaçant et qui se retrouve trempé des pieds à la tête parce que quelqu'un a plongé juste à côté.

On continue à courir. Au bout d'un moment, le chien quitte le pont et pénètre à nouveau dans le ventre du bateau. Enfin, un cul-de-sac.

Ouf.

Mais rien n'est gagné, il ne faudrait pas qu'il parvienne à s'échapper. Alors, quand je comprends que Schoko-bon est coincé, je fais signe à tout le monde de s'arrêter. Et tout le monde s'exécute. J'éprouve alors la fierté d'un commandant d'armée. Brigade des clébards aux griffes vernis et des gosses odieux en maillots de bain jaunes, au rapport.

Seule, j'avance vers le chien. Je peux presque entendre la grosse caisse d'une fanfare militaire à chacun de mes pas. Même Guillaume-Alexandre se décale sur un simple signe de mon menton.

Le face-à-face s'engage.

C'est Schoko-bon contre moi.

Moi contre lui.

Mes jambes flageolent mais je n'en laisse rien paraître. Ne pas montrer ses doutes à l'adversaire. Jamais.

Le chien s'incline sur ses pattes arrière. Ses petits yeux noirs roulent dans leurs orbites. Ses babines se retroussent. Il éternue. Je sursaute. Il se redresse, la queue haute. Il aboie. Je penche la tête à gauche, il penche la tête à droite et vient s'accrocher à mon mollet. Je le prends dans mes bras sous les acclamations de ma brigade dont les membres s'écartent dans une sorte de haie d'honneur improvisée.

— *Thank you* !

— Bravo !

— Quelle course !

— Vous vous êtes débrouillée comme une chef !

Lovée dans mes bras, Schoko-bon me lèche.

Et Guillaume-Alexandre me sourit.

C'est inespéré. Je finis par croire que mon bizutage est terminé.

— On va à la piscine ?

L'enfant hoche la tête. Mon armée s'éparpille et Jeryll apparaît.

— Tout va bien ?

— Maintenant oui.

— Il est mignon, ce chien… Il doit avoir sacrément soif.

Je ne suis pas certaine que « mignon » soit le bon qualificatif.

Puis, se tournant vers le petit garçon :

— Et toi aussi, je suppose.

Guillaume-Alexandre opine du chef.

Nous suivons Jeryll et nous installons à la terrasse qu'il désigne. Quelques minutes plus tard, il revient avec deux grands verres de soda assortis d'une rondelle de citron, ainsi qu'un bol d'eau sur lequel se rue Schoko-bon.

Les piscines turquoise regorgent de gens. La musique hurle dans les haut-parleurs, à peine dérangée par les cris en provenance de la dizaine de toboggans gigantesques qui crachent des touristes par salves régulières. Les croisiéristes s'amusent.

Tandis que Guillaume-Alexandre fait des bulles dans son Coca et que Shoko-bon installe sa queue sur le bol pour se rafraîchir le derrière, je me tourne vers l'océan baigné de soleil, le cœur ailleurs. Jeryll me regarde, je sens ses yeux sur ma nuque. Il ne sait pas quoi dire. Mon silence le gêne peut-être.

— Combien de temps ? fais-je après plusieurs secondes.

Il déglutit.

— Difficile d'être sûr mais je dirais un peu moins de dix-huit heures.

Je soupire :

— C'est peu.

— C'est au moins mille quatre-vingts minutes. Ou, si tu préfères, soixante-quatre mille huit cents secondes. Soit autant de chances d'y parvenir. Ce qui n'est pas si mal…

J'acquiesce.

— Vu sous cet angle…

— Tu es triste ? me demande alors Guillaume-Alexandre en se rongeant un ongle.

— J'ai perdu quelque chose de précieux…

— Moi, un jour, j'ai perdu une médaille. C'est mon grand-père qui me l'avait donnée. Je ne l'ai jamais retrouvée… On peut peut-être t'aider, nous ?

— Oh, tu sais, je ne crois pas…

— C'est une idée fabuleuse, tranche Jeryll. Tous les enfants aiment les chasses au trésor. Et je suis certain que le chien a un flair d'enfer…

Je proteste mollement :

— Regarde-le, il n'a pas vraiment l'air d'un chien-policier…

Comme s'il avait compris, Schoko-bon prend de l'élan et essaie de sauter sur mes genoux. En vain.

— Tu vois, note son petit maître, il est d'accord pour chercher.

Je regarde tour à tour l'enfant en maillot de bain, Jeryll et le petit chien dont les griffes rouges, assorties à la langue pendante, s'incrustent dans la peau de ma cuisse.

— Vous êtes sérieux, là ?

– 26 –

Avant.

Je ne me rappelle plus comment je suis arrivée à l'hôpital ; plus aucun souvenir de la voix de l'infirmière qui m'a indiqué le service des urgences ni du bruit des pas traînants des soignants sur le carrelage. Je ne sais pas où j'ai puisé la force de marcher, de respirer, de parler.

Je n'ai pas pleuré, ça, je le sais. Pas pu. Le choc avait tout confisqué, jusqu'à mes larmes.

Au bout du couloir, j'ai aperçu la silhouette frêle et abîmée de Catherine, soutenue par un homme qui lui ressemblait beaucoup. Son frère, l'oncle de Raph. Elle s'est détachée de lui avec difficulté, sans parvenir à le lâcher tout à fait, comme si le corps massif de son frère était une bouée, et elle m'est tombée dans les bras.

— Oh, Myrtille… Je suis tellement…

— Moi aussi… ai-je balbutié.

Bouleversée, effondrée, atomisée, fracassée, morte audedans. Oui, moi aussi.

Je l'ai serrée contre moi, usant de mille précautions tant je craignais de la briser davantage. Au-delà de la douleur, immense et incommensurable, une question me brûlait les lèvres.

— Catherine, qu'est-ce qui est arrivé ?

Elle s'est tournée vers son frère, a posé une main contre sa bouche pour tenter de juguler le torrent de larmes et les hoquets qui l'assaillaient et elle a murmuré en secouant la tête.

— Il a juste… décidé de partir…

J'ai froncé les sourcils. « Décidé » ? Comment ça « décidé » ? Et puis j'ai compris. Je me suis agrippée sur une chaise pour ne pas tomber, le plastique a gémi. Raph, mon Raph, s'était suicidé. Dire que la veille, je l'avais abandonné, je m'étais enfuie, j'avais déserté la partie trop compliquée de notre amour. Je le revoyais, triste, déçu, entre la douane et la sortie du terminal 1, alors que je lui annonçais que je ne voulais plus avoir affaire à lui.

À présent, il n'était plus là.

J'ai blêmi. La mort de Raph, était-ce… à cause de moi ?

Les yeux de Catherine, rougis, humides, se perdaient dans les plinthes du mur. Elle tremblait, elle était frigorifiée.

— Tu devrais t'asseoir, a fait l'homme.

Elle s'est laissée glisser sur la chaise en face de la mienne, obéissant à l'injection de son frère, tel un pantin sans volonté, tiré par quatre ficelles invisibles.

— Raph a laissé ça, pour toi.

L'oncle m'a tendu une enveloppe sur laquelle mon ami d'enfance avait écrit mon surnom, celui qu'il m'avait donné près de vingt années plus tôt : « Myrtille ». Un mélange de peur et de tendresse m'a saisie. Catherine a soupiré tandis que mes doigts frémissants se refermaient sur le papier crème.

— Je vais prendre un truc… à boire, ai-je articulé. Je… je reviens…

Ils ont hoché la tête. Portée par des jambes en coton, manquant de m'écrouler à chaque pas, je me suis dirigée cahin-caha vers la cafétéria où j'ai commandé un café d'une voix étranglée.

— Expresso ou allongé ?

— Je ne sais pas, ce que vous voulez.

Le serveur a haussé les épaules, a mis la machine en branle avant de poser un gobelet fumant, un sucre et une touillette sur le comptoir.

— Trois euros.

J'ai fouillé dans ma poche, et j'ai explosé en larmes. Je n'avais pas de pièces.

— Je suis désolée, je…

Il m'a coupée :

— Laissez, c'est pour moi. À condition que vous me promettiez d'arrêter de pleurer. Ça ne vaut pas le coup, pour trois euros…

— Non, c'est pas… ai-je commencé, avant de réaliser qu'il ne cherchait pas à connaître la raison de mon désarroi mais à dédramatiser une situation qu'il savait le dépasser.

Alors je me suis tue, j'ai esquissé un sourire qui devait ressembler à une grimace et j'ai promis machinalement.

J'ai ensuite pris place sur un des tabourets qui accompagnaient les mange-debout chromés, j'ai posé la lettre devant moi, le café juste à côté. J'ai fixé l'enveloppe pendant un temps à la fois infiniment long et affreusement court : mes perceptions se distordaient dans l'eau de mon chagrin, les heures se muaient en secondes et les secondes en heures.

Combien de fois ai-je attrapé l'enveloppe, croyant avoir rassemblé le courage nécessaire, pour finalement la repousser, défaite, vaincue par la peur de découvrir les derniers mots de Raph ? D'ailleurs, c'était une caméra cachée, forcément, c'était bien le genre de mon ami ; il allait débouler d'un instant à l'autre, le ventre plié en deux d'avoir trop rigolé derrière son écran de contrôle. « Regarde Myrtille, comme je t'ai bien eue ». Les derniers mots ; pffff, la bonne blague, ça sonnait si mal.

— Je veux un pain au chocolat !

J'ai pivoté. Une petite fille tirait ses parents vers l'étal des viennoiseries.

— Non, tu n'avais qu'à manger à table !

— Mais j'aime pas les petits pois !

Raph non plus n'aimait pas les petits pois… Je me suis mordu la joue droite pour détourner ma propre attention. Peine perdue, évidemment.

La lettre était là. « *Myrtille* »…

Je suis parvenue à la décacheter au prix d'un effort considérable. À l'intérieur m'attendaient deux pages manuscrites sur une feuille recto verso.

J'ai pris une inspiration et j'ai tenté de calmer les hoquets qui déformaient mon visage ainsi que les larmes qui m'empêchaient de distinguer les mots ; puis je me suis mise à lire.

Ma Myrtille,

J'imagine que tu ne dois pas être au mieux de ta forme. Si tu tiens cette lettre entre tes mains, c'est que je suis déjà en route vers d'autres contrées. Tu sais à quel point j'aime les voyages. Celui-là, il me tardait de l'entamer. Je suis certain qu'il sera le plus épatant de tous. Ne t'inquiète pas pour moi, les voyages, c'est mon truc, je gère.

J'ai levé les yeux au ciel. Tu « gères », tu parles…

Je ne vais pas te mentir, j'aurais aimé que les choses se déroulent autrement: je regrette que nous nous soyons quittés dans cet aéroport. J'en profite pour te dire que je t'ai trouvée très belle. J'ai toujours aimé te voir énervée: tes joues rosissent et ton nez se retrousse, c'est très mignon.

Un sourire léger, involontaire, s'est dessiné sur mes lèvres.

Avant de commencer, je voulais te dire que tu n'y es pour rien. Ne commence pas à culpabiliser, laisse les remords au placard, tout ça était prévu depuis quelques mois. Alors, détends-toi et ne va surtout pas raconter à ma mère que c'est ta faute. Elle pourrait te croire et te mordre. Méfie-toi, je l'ai déjà vu à l'œuvre. Je suis certain qu'elle a traumatisé des générations de gamins.

Blague à part, embrasse-la fort pour moi, elle doit avoir besoin de réconfort.

Je te dois un paquet d'explications. À vrai dire, je te les dois depuis un bail, j'aurais dû te raconter tout ça dès le départ, mais il faut faire des choix. Et moi, j'ai fait le choix de ne pas gâcher notre histoire.

J'ai froncé les sourcils.

Ne fronce pas les sourcils, Myrtille, même si c'est mignon. Je suis sérieux, pour une fois.

J'ai défroncé les sourcils.

J'ai une sclérose en plaques. Je l'ai appris alors que j'étais dans la marine. J'ai quitté mes fonctions car, d'après les médecins, elles étaient difficilement conciliables avec cette maladie. Le problème, c'est que c'est une maladie dégénérative dont il est difficile de prévoir l'évolution. Elle peut mettre des années à devenir invalidante, ou des mois. C'est un peu à la tête du client. Bien sûr, il existe des traitements qui permettent de reculer l'échéance, mais ils n'éradiquent pas la maladie, pas encore, bien que les recherches avancent.

L'année dernière, la maladie a gagné du terrain et les symptômes se sont intensifiés. Les médecins ont été formels : à plus ou moins court terme, disons d'ici à deux ans maximum, je perdrai l'usage de mes bras, de mes jambes, de la vue. Tu vois, les perspectives n'étaient pas des plus réjouissantes et je n'ai pas pu m'y résoudre. Me voir dépendant, dans un fauteuil roulant, devenir un fardeau pour ma famille, pour mes amis, pour toi était impossible. J'ai donc préféré prendre d'autres dispositions, de celles qui m'évitaient de devenir quelqu'un d'autre. Je voulais quitter cette vie avant de n'être plus capable de le faire, rester en pleine possession de mes moyens jusqu'au bout et faire en sorte que mon entourage garde le souvenir d'un type normal, avec des bras, des jambes et assez d'énergie pour aller draguer une avocate sexy dans un piano-bar à New York.

J'ai regardé autour de moi, à la recherche d'une bouée à laquelle me cramponner. Pourquoi ne m'avait-il pas parlé de ça ? Pourquoi bon sang ? J'aurais pu l'aider, j'aurais pu être là.

J'ai repris la lettre.

Je sais ce que tu penses, Myrtille. Tu es en colère parce que tu imagines que mon amitié envers toi n'était pas assez forte pour que je puisse me confier.

Non, pas du tout…

Bon, okay, peut-être un peu. Décidément, Raph me connaissait sur le bout des doigts.

Mais tu te trompes. Si je dis que c'était pour te protéger, ça fait trop chevalier servant tu crois? Parce que c'était le cas. Alors voilà, comme on en est aux grandes déclarations, attache ta ceinture, tu vas être servie.

Si je m'étais marié, ça aurait été avec toi. Si j'avais eu des enfants, ça aurait été avec toi. Si j'avais vécu vieux, ça aurait été auprès de toi. Myrtille, tu es la femme de ma vie, tu l'as toujours été. J'ai conscience que je n'ai pas toujours été très adroit et que je t'ai fait souffrir. Si tu savais comme j'ai eu mal quand tu m'as embrassé devant cette chambre et que je me suis forcé à ne pas répondre à ton baiser. Si tu savais le nombre de fois où j'ai eu envie de te prendre dans mes bras. Je t'aime, je t'ai toujours aimée. Je n'ai qu'un seul regret: celui d'être parti dans la marine et de t'avoir laissée croire que notre histoire ne comptait pas.

Tu te souviens de cette fête de la Saint-Valentin où nos copains nous avaient organisé un déjeuner-surprise qu'ils étaient allés récupérer au MacDo? Nous avions 10 ou 11 ans.

11 ans. Nous avions 11 ans. Si je m'en souvenais… évidemment, comment aurais-je pu oublier ça? Raph s'était mis à genoux devant moi et nous nous étions fiancés pour de faux avec une bague en papier d'alu, entre un Big Mac et un Sunday au chocolat. J'avais ri,

mal à l'aise parce que les autres se fichaient de nous et parce que les grandes effusions, à cet âge, étaient comme les nounours géants qu'on gagnait à la fête foraine : tout doux mais bien trop encombrants.

C'est cette image que j'emporte avec moi.

Je ne te demande pas de me pardonner. Juste de ne pas t'en vouloir et d'être heureuse. Tu m'as offert les deux plus beaux jours de mon existence. New York, à tes côtés, c'était merveilleux. Tu es merveilleuse, n'en doute jamais. Et l'homme dont tu feras le bonheur est un sacré veinard.

Je te laisse là, mais je ne te quitte pas. Je suis là, avec toi, je veille.

Au fait, n'oublie pas de mettre du Bepanthen sur ton tatouage. Je t'ai découpé une boîte pour que tu penses à en acheter un tube.

Je t'embrasse plus que tu ne peux l'imaginer.

Raph.

J'ai agité l'enveloppe. Un petit morceau de carton est tombé. Les restes d'une boîte de Bepanthen.

– 27 –

Maintenant.

La battue pour mon sac s'organise. On élabore des stratégies, on discute sec pour savoir lequel de nous trois – pardon, de nous quatre – guidera la marche.

Je m'assure à présent que la laisse de Schoko-bon est bien accrochée. Je m'y reprends à trois fois : hors de question de recommencer la course-poursuite de tout à l'heure. Guillaume-Alexandre lui présente ensuite ma main à renifler, comme dans les reportages à la télévision où les policiers donnent au chien un objet ayant appartenu à la victime.

— Sens ça, commande-t-il.

Le petit chien enfouit docilement sa truffe dans ma paume. Sa queue fouette l'air de plus en plus fort. Au bout de deux secondes, il recule. Me zieute. Et revient vers moi, la langue pendante, le museau visiblement satisfait. On dirait qu'il sourit.

— Il m'a trouvée, noté-je, dépitée. Youpi…

— Ne sois pas si défaitiste, oppose Jeryll. On vient juste de commencer, laisse-lui le temps de prendre ses marques. Il débute après tout…

— Je ne suis pas défaitiste, je constate. En même temps, le coup de l'odeur, c'est un peu ridicule… Elle s'est forcément répandue un peu partout sur ce bateau, ça fait des heures que je l'arpente…

Jeryll fronce les sourcils, avant de se pencher vers moi et de murmurer, avec ses mains en cornet autour de mon oreille :

— Juste un effort, Manon, ça fait plaisir au petit d'imaginer que son chien est un sauveteur.

Guillaume-Alexandre, assis sur le sol, est en train de flatter l'encolure de Schoko-bon. Ce dernier jappe de contentement. C'est vrai que l'enfant semble heureux. Il est si différent du petit gars renfrogné de tout à l'heure, celui qui se plaignait de son prénom et trouvait mon surnom laid.

Après tout, ça ne mange pas de pain, si ça peut faire plaisir… De toute façon, je n'ai pas de plan B. Ni de plan A d'ailleurs. Chercher un sac sur le plus grand paquebot du monde s'apparente à chercher une aiguille, non pas dans une botte de foin, mais dans la grange entière. L'espoir de le retrouver, *a fortiori* de le retrouver à temps, s'amenuise de minute en minute. J'en pleurerais.

Guillaume-Alexandre nous jette un regard inquiet.

— Alors ? C'est bon ?

Je m'efforce d'être convaincante. À défaut d'être convaincue.

— Oui, Schoko-bon a brillamment passé le casting. Il est engagé pour la mission.

L'enfant glapit de joie tandis que le chien, qui s'était assis, bondit sur ses quatre pattes, promenant son museau dans l'atmosphère. Brusquement, il tire sur la laisse que tient son petit maître.

— Hé, s'écrie ce dernier, il est déjà sur une piste, regardez.

Guillaume-Alexandre se laisse guider par le chien qui, à présent, se met à courir dans une direction connue de lui seul. Je me prends à rêver que ce pourrait être mon sac. Dans un cas aussi désespéré que le mien, on s'accroche à n'importe quelle branche.

Jeryll et moi les talonnons à travers le pont. Surexcité, Guillaume-Alexandre lance des encouragements stridents à son chien, s'assurant de temps en temps que nous sommes bien derrière.

— Vous voyez ? Il est trop fort !

Jeryll lève son pouce. L'enfant est radieux.

Une minute plus tard, nous sommes devant un barbecue, aussi désemparés que Schoko-bon est heureux devant les chipolatas et les merguez.

Et là, le drame. Au ralenti bien sûr. Parce que les drames ont toujours cette fâcheuse manie de se dérouler au ralenti. Comme s'ils voulaient nous faire croire qu'on peut les empêcher mais qu'on n'empêchera rien du tout. Comme s'ils voulaient nous faire le coup du ouiiii…-mais-non.

Au ralenti, donc, un des cuisiniers, habillé en blanc, une toque sur la tête, saisit une saucisse sur le grill à l'aide d'une grande fourche pour la déposer dans un plat. Mais la saucisse a d'autres projets : elle glisse le long du crochet, touche le plat, oscille, tangue dangereusement, semble douter, chancelle et tombe pour atterrir pile devant les moustaches de Schoko-bon.

« J'oubliais le plus important : ne lui donnez jamais, jamais, sous aucun prétexte, de viande. »

L'enfant me lance un regard suppliant et effaré.

Je m'élance.

Le museau du chien va atteindre la saucisse.

J'accélère encore.

Il hume la viande.

Je ne respire plus.

Je tends le bras.

La bouche de Guillaume-Alexandre s'arrondit. Je lui fais signe que je contrôle la situation.

Un cri retentit. Je me fige. L'enfant, le cuisinier maladroit et tous les croisiéristes sur le point de déguster leurs merguez aussi. Le seul qui ne s'en fait pas, c'est Schokobon. Non. Lui, il s'en fiche, il se lèche les babines.

La saucisse a disparu dans l'intervalle.

Moralité : une saucisse peut se gober.

J'aurais au moins appris quelque chose.

– 28 –

Avant.

Il a fallu dire au revoir à Raphaël, par un matin tiède de début d'été.

Il a fallu mourir avec lui avant de ressusciter vaguement pour faire face à la cérémonie d'hommage que Catherine avait organisée dans son jardin, parce qu'elle ne croyait plus en Dieu.

Il a fallu que je commence à lire un petit discours qu'elle m'avait demandé de rédiger, un discours dans lequel je disais combien il était tout et combien il me laissait orpheline. J'y avais convoqué nos plus beaux souvenirs, les images les plus ensoleillées de notre histoire. Mais les sanglots abîmaient tout et m'étranglaient. Alors, épuisée de lutter contre moi-même, lasse de faire semblant d'être forte, je me suis tue, je suis descendue de l'estrade sur laquelle on avait posé le pupitre et j'ai appuyé sur le bouton play de mon lecteur MP3 relié à une enceinte

Bluetooth. Notre *I got you babe* a pris possession du jardin, du ciel bleu qui lui servait de couvercle, du visage de Raph imprimé en 4 par 3 sur le panneau en bois près du cercueil fermé où il ne reposait plus vraiment, et Cher et Sonny se sont chargés de raconter ce que mon chagrin refusait de prononcer. Tandis que la musique pénétrait l'air et les graviers du jardin, j'ai détourné le regard du cercueil, des fleurs et de ce panneau qui ne rendait pas justice ni à sa bonne humeur, ni à son enthousiasme, ni à son courage, ni à son humour, ni à sa gentillesse, ni à sa douceur, ni à sa tendresse, ni à sa générosité, ni à rien de ce qui faisait que Raph était Raph. J'ai donc tourné la tête et j'ai fixé le mur mitoyen qui portait la marque de nos fesses. Là, je nous ai vus, deux gamins de 9 ans occupés à observer les nuages, à la recherche d'un avion. Et, comme un signe du destin, un avion est réellement apparu, fendant l'azur du ciel. Je me suis demandé quelle était sa destination, et j'ai entendu la voix d'un jeune Raph s'écrier qu'il allait à New York et qu'il s'y rendrait avec lui. J'ai souri, avant d'adresser un discret salut de la main à l'avion qui, déjà, disparaissait et emportait avec lui un petit bonhomme avide de voyages et de découvertes.

Mais ce n'était pas fini.

Parce qu'il a encore fallu avancer derrière le convoi funéraire, jusqu'au crématorium ; il a fallu accepter l'idée que ce corps que j'avais tant aimé soit réduit en cendres ; il a fallu soutenir Catherine qui affichait une dignité impressionnante ; et, surtout, il a fallu comprendre pourquoi la

Terre continuait de tourner, les oiseaux de chanter, les gens de respirer alors qu'il n'était plus là ; il a ensuite fallu retourner dans le jardin où Catherine avait organisé un buffet froid pour le déjeuner, avant de repartir chercher les cendres au milieu de l'après-midi, puis de poursuivre cette cérémonie du souvenir avec les plus proches parce que ceux-là n'avaient aucune envie qu'elle se termine, comme si être réunis pour Raph permettait de différer son départ.

Je suis donc restée avec une vingtaine de personnes. Le ciel s'était assombri et des nuages imbibés d'eau nous aspergeaient d'une pluie fine qui nous glaçait les os. Poussés à l'intérieur de la maison par les éléments menaçants, nous avons rapatrié les restes du repas pour nous rassembler dans le salon. Catherine avait disposé l'urne dans une petite pièce adjacente qui lui servait habituellement de bureau afin que chacun se sente libre de se recueillir en toute intimité.

La soirée avançait. Des alcools forts ont remplacé le vin dont j'avais déjà quelque peu abusé. J'étais dévastée, l'alcool me réchauffait.

Je ne suis pas fière de moi, mais on fait ce qu'on peut avec ce qu'on a : moi, j'avais la bouteille, et mon chagrin s'arrondissait dans les vapeurs d'alcool. J'ai donc bu plus que de raison. Pas encore suffisamment, toutefois, pour être saoule.

J'avais ainsi toute ma tête quand j'ai entendu Catherine répondre à quelqu'un qui l'interrogeait sur la destination des cendres.

— Le jardin du souvenir dans le cimetière.

Avant d'ajouter, dans un murmure écorché :

— Raph deviendra un arbre…

J'ai avalé ma salive qui s'est tout à coup changée en enclume et j'ai essayé d'estomper l'incompréhension qui me chavirait : comment pouvait-on enraciner un homme qui n'avait eu de cesse que de chercher à voguer ? Quel cheminement bizarre Catherine avait-elle suivi pour en conclure que Raph devait devenir un arbre à Saint-Nazaire alors qu'il avait toujours eu envie de s'envoler ?

On ne brise pas les ailes d'un ange.

J'étais sidérée par l'injustice, la révolte grondait en moi. Je n'ai pas pu m'empêcher de protester à voix basse, sûrement portée par l'alcool qui coulait dans mes veines :

— Je pense que ce n'est pas ce que Raph aurait voulu.

Catherine m'a jeté un regard étonné.

— Pardon ?

Je me suis redressée et j'ai répété, plus fort :

— Je crois que Raph aurait voulu autre chose.

Une chape de silence est tombée sur le salon. Les yeux de la mère de Raph, brillant de douleur et de hargne, m'ont lacérée.

— Parce que tu t'imagines, toi, savoir ce que Raph aurait voulu ? Tu te crois mieux placée que moi pour savoir ce que MON fils aurait voulu ?

— Non, je…

— La décision appartient à ses proches, a-t-elle coupée. Et en l'occurrence, ses proches, c'est moi.

Je me suis ratatinée sur ma chaise. Je ne m'attendais pas à une telle attaque. Son fils et moi avions grandi ensemble, nous avions tout partagé… Je n'ai pas insisté, mettant l'aigreur et la colère de Catherine sur le compte de sa peine, et je me suis murée dans un mutisme têtu. Je n'entendais plus ce qui se disait, je ne faisais plus que boire et ressasser la gifle que Catherine venait d'infliger au rêve de son fils.

Comment pouvait-on aussi mal connaître son propre enfant ?

Comment pouvait-on nier à ce point les désirs d'un fils ? Quelle était la raison véritable de cette obstination à l'ancrer ici alors qu'il rêvait d'ailleurs ?

Au bout d'un moment, j'en ai eu marre de ruminer. L'atmosphère de ce salon m'étouffait, j'avais besoin de Raph. J'ai quitté la table et je suis allée dans le bureau de Catherine dont j'ai claqué la porte.

Raph et moi. Nous contre le monde, comme toujours.

Je me suis penchée vers l'urne et j'ai explosé en sanglots en lui racontant que sa mère voulait faire de lui un arbre dans le jardin du souvenir à Saint-Nazaire. Je parlais toute seule, persuadée toutefois qu'il était là, quelque part, et qu'il m'entendait. Et qu'il saurait trouver les mots. D'ailleurs, peu à peu, une sorte de compréhension nouvelle s'est fait jour : sa mère ressentait le besoin de s'agripper à quelque chose de tangible qui lui rappellerait son fils, et un arbre ne mourait jamais. Elle pourrait ainsi venir lui rendre visite à chaque fois qu'elle en éprouverait le besoin, et elle se consolerait à la vue des oiseaux et des écureuils qui ne manqueraient pas d'élire domicile dans les branchages.

Je n'ai pas pu m'empêcher de remercier Raph de m'avoir expliqué tout ça et puis j'ai réfléchi, en lui demandant conseil.

Une idée s'est alors installée dans mon esprit.

Je pouvais faire en sorte de contenter Catherine sans pour autant trahir le rêve de Raph. Ce n'était sans doute pas l'idée du siècle mais elle avait le mérite de réconcilier tout le monde.

– 29 –

Maintenant.

La mère de Guillaume-Alexandre se tient devant moi. Poings serrés, rouge écarlate.

Je la vois qui hurle. Pourtant, je ne l'entends pas. Mon esprit est parti très loin d'elle et de ses remontrances. Près de Raph, à l'orée de notre histoire et de ce lien si spécial qui nous unit.

Des bribes de mots coulent malgré tout le long de la paroi de ma bulle. Assourdis. À peine un relief. « Viande », « jamais », « scandaleux », « service », « prix », « plainte ».

« Inadmissible ».

Celui-là fait éclater la bulle. La moutarde est en train de me monter au nez.

Est-ce que Schoko-bon est en forme ? A priori, oui ; la saucisse ne l'a pas tué.

Est-ce que Guillaume-Alexandre est blessé ? Absolument pas. Cette femme est folle, voilà tout.

« Inadmissible », qu'elle répète.

Cette fois, c'en est trop, j'explose et balance tout de go que ce qui est inadmissible, c'est d'enquiquiner autant un chien qui n'aspire qu'à manger et courir tranquille. Ce qui est inadmissible, c'est d'oublier de présenter son fils à sa nounou. Ce qui est inadmissible, c'est d'être dans un état pareil pour une pauvre chipolata aux herbes alors qu'il y a quand même plus grave dans l'existence, et que j'en sais quelque chose, moi qui viens de perdre l'homme de ma vie.

Ce qui est inadmissible, c'est d'être heureux et de ne même pas s'en rendre compte.

Ce qui est inadmissible, c'est… c'est… cette odeur… Mon Dieu, mais d'où peut-elle venir ?

Je ne suis visiblement pas la seule à en chercher la provenance : les nez des badauds se sont tous redressés. Seul celui de la mère de Guillaume-Alexandre s'obstine à viser le sol en bois du pont. Stratégie d'évitement de base.

Je lorgne dans la direction de Schoko-bon. Il glapit de contentement. De part et d'autre de la petite assemblée qui s'est formée autour de nous, les remarques fusent :

— C'est une infection.

— Pouah…

— Comment un chien aussi minuscule peut lâcher un truc pareil ?

— Papi, le petit chien a pété, hi hi hi…

— En plus, il a du vernis, ha ha ha…

La gêne de la maîtresse est à son paroxysme. Je dois tendre l'oreille pour distinguer ce qu'elle bredouille :

— Je vous l'avais dit, pas de viande pour lui… Son métabolisme est fragile…

On dirait qu'elle est sur le point de pleurer. Son fils ne s'y trompe pas. Il s'approche de sa maman et coule sa main dans la sienne.

— C'est pas grave, Maman, ça arrive à tout le monde.

La mère lève les yeux vers moi. Puis vers son fils, qu'elle gratifie d'un sourire embarrassé avant de le remercier d'une voix resserrée et de refermer ses doigts sur les siens.

— Elle est très gentille, Myrtille. Et elle est rigolote aussi. Et elle court vachement vite. Et Schoko-bon a un super flair. Et il y avait Jeryll avec nous. Et j'ai passé une super journée. Et je voudrais qu'elle dure toujours. Et que tu viennes avec moi à la piscine.

Il ajoute :

— S'il te plaît, Maman… Et je serai très gentil jusqu'à ce que je meure.

Elle pouffe discrètement mais je vois bien que le discours de Guillaume-Alexandre a creusé une faille en elle. Elle se retourne et me fait face. Je m'attends à une volée de bois vert.

— Je vous dois des excuses. Je ne savais pas pour votre ami, je n'aurais pas dû vous parler de la sorte, je me suis laissé emporter.

Je hausse les épaules.

— Ce n'est rien.

— Et vous avez raison.

— À propos de quoi ?

— Du fait que je devrais laisser mon chien vivre et m'occuper un peu plus de mon fils.

L'embarras me gagne. Deux secondes plus tôt, cette femme était sur le point de me sauter à la gorge. À présent, je sens qu'elle pourrait me serrer dans ses bras. Ce revirement trop rapide pour que je me l'explique me met mal à l'aise… Jeryll et son sens inné de l'être humain interviennent :

— Je crois que ça mérite une tournée. Un petit verre pour se remettre de nos émotions ? Je viens d'inventer une recette bleu turquoise, c'est un petit bijou, vous m'en direz des nouvelles.

La fin d'après-midi s'annonce. Je me réjouis de retrouver l'ambiance survoltée de la répétition du spectacle, mes cintres qui ne risquent pas de me promener à travers tout le bateau, le calme avant la tempête du show et celle que je n'arrive pas à appeler autrement que Clou. J'ai envie de lui raconter cette journée bizarre, de lui parler de cette mère de famille polluée par des considérations débiles et qui semble s'être transformée parce que son chien distingué a osé lâcher un pet en public. La nature humaine me déroute. Comment imaginer qu'un petit prout de rien du tout – enfin, de rien du tout, il faut croire que tout est relatif – puisse débloquer une situation de prime abord inextricable ? C'est l'histoire d'un gaz qui aura rapproché une mère et son fils. Personne ne me croirait. Même dans un roman, on trouverait ça trop gros. Ou de mauvais goût. N'empêche, c'est comme ça que ça s'est passé.

Quelque chose me pousse vers Clou. C'est étrange, je ne la connais que depuis vingt-quatre heures, nous n'avons fait qu'échanger une tisane mais j'ai l'impression que nous pourrions nous comprendre. Et puis, cette phrase, lâchée entre deux portes, *« Vous reviendrez, n'est-ce pas ? Vous me la rappelez tellement… »*

Je revois ses yeux brouillés. Et cette belle mélancolie qui l'habite.

La répétition s'écoule, j'enfile, zippe, scratche et boutonne. Je sens que j'ai déjà le coup de main. Décidément, cet univers me plaît. À la fin, j'ai droit aux félicitations de la régisseuse qui, pour l'occasion, a revêtu un tee-shirt vert fluo à l'effigie d'une marque de bière :

— *Good, verrrrrry good.*

Même le metteur en scène prend la peine de me congratuler. À sa manière, cela va sans dire :

— Ya yayaya, itchhhh, baoum.

Comme la veille, tout est millimétré, réglé à la perfection, prêt pour la représentation de ce soir. La seule qui ne répète pas, c'est Clou. Jamais. Elle n'en a pas besoin, elle est parfaite. La régisseuse m'explique que :

— Pas répétition. Pas casser émotion. Danielle bonne que devant public. Sinon fondre. Comme glaçon.

Sitôt la répétition terminée, je toque à la porte de sa loge. J'appréhende, je ne voudrais pas la déranger. Mais elle m'ouvre discrètement, tel un animal apeuré qui craint que d'autres découvrent l'entrée de sa tanière.

— Entre vite…

Je me faufile dans l'entrebâillement de la porte et découvre une Clou majestueuse, couverte d'un peignoir en satin doré. Maquillée, coiffée. Prête à entrer en scène.

Une enceinte fredonne une douce musique.

Près de la trousse à pinceaux grande ouverte, entre les flacons de fond de teint et les palettes de fards à paupières, un plateau avec un bol de soupe, une tranche de pain et un morceau de fromage. Je m'étonne :

— Vous ne mangez pas avec les autres ?

Elle secoue la tête. Des effluves de parfum jaillissent de ses cheveux.

— Non, j'ai besoin de me concentrer avant un spectacle.

J'amorce un mouvement.

— Mince, je vous dérange peut-être, je vais vous laisser.

Elle pose sa main sur ma jambe.

— Non, je vous en prie, restez.

Je me rassois.

— Et vous, demande-t-elle, vous n'allez pas dîner avec le reste de l'équipe ?

— Je n'ai pas très faim. J'ai eu une journée un peu étrange.

— L'étrangeté est une notion toute relative, souffle-t-elle. On est toujours l'étrange de quelqu'un d'autre.

Une pause. Puis :

— Et votre sac ?

— Mon sac ? Mon sac…

Le chagrin qui m'étreint à l'évocation de ce sac introuvable m'empêche de préciser. Mais elle comprend.

Elle saisit le plateau de son dîner en solo et le place sur une petite desserte entre nous.

— Mangez un peu, m'ordonne-t-elle gentiment. Travailler sur un spectacle requiert des forces. Et vous êtes déjà bien menue…

Je m'exécute, je veux lui faire plaisir.

Sa beauté et sa grâce me subjuguent. La fragilité que je devine aussi, lorsqu'elle me couve de ses yeux cerclés de faux-cils.

— C'est fou ce que vous lui ressemblez… lâche-t-elle à voix basse.

Je ne la questionne pas, je ne veux pas l'envahir. Je veux lui laisser le choix, comme Raph avec mon père.

Laisser le choix.

Raph. Son choix. Sa liberté.

C'est sans doute ça, aimer : respecter la liberté de l'autre et accepter ses choix, même si ceux-là nous tuent.

— Je me demande… qu'est-ce qu'une jeune fille comme vous est venue faire sur ce bateau ? Oh, bien sûr, vous n'êtes pas forcée de me répondre, je suis sûrement trop indiscrète…

Je lève la main, comme pour balayer ses doutes. Parler me fera du bien. Et j'ai confiance en elle. Ça, je ne me l'explique pas. Alors, pour la deuxième fois, je romps ma clause de confidentialité et j'évoque Raph. Comme pour le retenir un peu près de moi. Je ne pleure pas.

C'est Danielle qui pleure.

Je conclus :

— Bref, c'est l'histoire d'une fille idiote qui fait des trucs idiots.

— Je ne suis pas d'accord. C'est une histoire magnifique. L'histoire d'une jeune femme amoureuse qui ne sait qu'aimer, reprend-elle en tamponnant le contour de ses yeux avec un coton.

— Et qui a réussi l'exploit de se mettre dans une sacrée panade pour noyer son chagrin.

— Et qui a réussi l'exploit de prouver qu'aimer pouvait donner tous les courages.

— C'est une façon de voir.

— C'est la seule façon qui vaille, croyez-moi.

— N'empêche, sans mon sac…

— On n'a pas perdu tant que la cloche n'a pas sonné la fin du combat.

Le silence s'installe. Je trempe un morceau de pain dans le potage.

— Ma fille, prononce soudain Danielle. C'est à elle que vous ressemblez.

— Vous avez des enfants ? m'exclamé-je, surprise, tant j'ai du mal à imaginer que cette femme puisse appartenir à ce genre de réalité.

— Oui, balbutie-t-elle. Vous avez ses cheveux. Et sa voix. Et sa taille. J'ai tellement l'impression de la voir… Vous semblez étonnée…

— Un peu, je l'avoue, une femme comme vous.

— Comme moi ?

— Oui, enfin, je veux dire…

— Je comprends. Je n'ai pas l'air d'une maman, pas vrai ? dit-elle en souriant tristement. Comme quoi, les apparences peuvent être trompeuses…

Là-dessus, elle se lève.

— Vous garderiez un secret ?

— Évidemment…

Elle disparaît derrière un paravent. Pour en revenir, moins d'une minute plus tard.

– 30 –

Avant.

La rumeur des invités se propageait jusque dans le bureau où j'avais trouvé refuge.

J'ai saisi l'urne en tremblant, effrayée par ce que je m'apprêtais à faire, et je me suis collée contre la porte afin de prévenir toute intrusion intempestive. Là, j'ai ouvert la boîte en carton qui tenait lieu d'urne végétale et j'ai plongé la main, frissonnant au contact des cendres encore chaudes et à la pensée que je brisais là une sorte de tabou.

Mais je m'en fichais. Raph aurait son grand voyage.

J'ai cherché un récipient discret, avant de me résoudre à prendre le sac en plastique qui faisait office de sac poubelle dans la panière à papiers.

C'était une panière comme celles qu'on trouve sous les tableaux noirs, dans les écoles. Une panière en plastique gris bleu. La même que celle qui gravite dans ma mémoire.

Des enfants assis en rangs d'oignon. Des affichages colorés sur les murs latéraux, une frise historique, un rappel des principales règles grammaticales sur des panneaux en bristol rouges, orange et jaunes, quelques exemples de fractions sur des cartolines vertes, un planisphère et la France, entourée au feutre noir.

Raph et moi étions en CM2, dans la même classe. Il était assis près de la porte, j'étais au fond de la classe, à côté de la fenêtre. Le soleil inondait la pièce et nous éblouissait. Il était 11 heures, chaque minute me semblait avoir la lourdeur d'une éternité. Pendant que la maîtresse s'évertuait à mimer les mouvements du diaphragme pour faire entrer les rudiments de la respiration dans nos jeunes crânes, je contemplais la cour et ses promesses.

— Manon, ça t'ennuie ce que je raconte ? a lancé la prof.

Je me suis redressée en entendant mon prénom, rouge de honte d'avoir été prise en flagrant délit de rêverie. Tous les regards étaient braqués sur moi.

— Euh, non…

— Bien, peux-tu, dans ce cas, expliquer à tes camarades le rôle de l'oxygène ?

Des rires étouffés ont fusé.

— Alors, ça sert à… respirer… pour… prendre… c'est de l'air…

La maîtresse me fixait d'un air mauvais pendant que je me liquéfiais.

— Autant dire que tu n'as rien écouté, a-t-elle tranché. Je te nomme gardienne de la poubelle, au moins, tu serviras à quelque chose.

Comme je baissais la tête sans réagir, elle a ajouté :

— Allez, dépêche-toi de te lever.

Je me suis exécutée et je me suis placée près du tableau, à côté de la poubelle. Nous connaissions cette punition par cœur : le rôle du gardien de la poubelle était clair : rester debout et attendre que quelqu'un ait besoin de jeter quelque chose pour lui apporter la poubelle.

Au bout de quelques minutes, cela n'avait pas manqué. Mathieu, espèce de grand singe blond au museau mauvais et bravache, a levé la main.

— Oui, Mathieu ? a demandé la maîtresse en avisant le doigt érigé au-dessus des têtes.

— C'est pour la poubelle, j'ai du papier à jeter.

La prof s'est écartée pour me laisser passer. J'ai récupéré les guirlandes de papier préparées juste pour l'occasion par mon camarade narquois et je m'apprêtais à repartir à mon poste lorsque le pied de Mathieu m'a barré le passage. J'ai trébuché, me retrouvant à quatre pattes, le nez dans les détritus gisant au sol, sous les quolibets de mes camarades de classe, trop heureux de ma chute.

— Décidément, Manon, ce n'est pas ton jour, a soupiré la maîtresse. Il ne te reste plus qu'à ramasser tes sottises !

Raph a bondi.

— Raphaël, qu'est-ce que tu fais ? s'est étonnée l'enseignante.

— Bah, je vais aider Manon…

Mon cœur s'est gorgé de reconnaissance, tandis que Raph me rejoignait sans prêter la moindre attention aux moqueries des autres. De part et d'autre, ça chuchotait des « Les amoureux » et des « Monsieur et Madame Poubelle ». Mais Raph, lui, s'en fichait. Il s'activait à ramasser en silence, en me gratifiant de temps à autre d'un sourire complice. Un peu plus tard, sur le chemin du retour vers la maison, il m'a dit qu'il fallait que j'arrête de rougir comme une myrtille.

— C'est pas rouge, une myrtille, ai-je protesté.

— On s'en fiche, c'est joli une myrtille…

Et c'est resté. Myrtille…

Et voilà que, des années plus tard, je me trouvais dans le bureau de Catherine, en train de vider discrètement le sac de la poubelle qui tapissait la panière pour le récupérer, tout en tendant l'oreille, à l'affût du moindre bruit. Je n'osais pas imaginer ce qu'il pourrait arriver si jamais quelqu'un me prenait sur le vif. La main dans le sac quoi, sans mauvais jeu de mots.

J'ai vidé la moitié du contenu de l'urne, essayant d'en perdre le moins possible.

Je sais qu'expliqué comme ça, ça peut sembler saugrenu. Mais ça ne me paraissait pas plus débile que de transformer mon meilleur ami en chêne ou en tilleul. L'alcool modifie les perspectives…

Tout à coup, des pas se sont rapprochés. Je me suis figée. La poignée de la porte s'est abaissée dans mon dos. Terrorisée, j'ai posé l'urne par terre, j'ai attrapé un mouchoir pour me cacher le nez et j'ai entrouvert.

— Oui ?

L'oncle de Raph se tenait dans l'entrebâillement.

— Je voulais juste m'assurer que ça allait… que tu tenais le coup…

J'ai écrasé un peu plus le mouchoir sur mon visage pour dissimuler ma frayeur et j'ai miaulé en hoquetant :

— Bof… J'ai encore besoin d'un peu de temps avec lui… C'est compliqué…

— Ne t'inquiète pas, je comprends, prends tout le temps qu'il te faudra.

J'ai refermé la porte, rassérénée d'avoir tenu l'envahisseur à distance, et j'ai repris le cours des opérations, vidant et remplissant, remplissant et vidant. J'ai ensuite noué les deux anses du sac en plastique avant de le fourrer dans mon sac à main ; j'ai soigneusement refermé la boîte en carton destinée à servir d'engrais et je l'ai remise à sa place. Ni vu ni connu.

J'ai ouvert la porte et je me suis faufilée à l'extérieur de la pièce, en serrant dans mes bras mon petit sac à main en similicuir noir. J'allais atteindre la porte de la maison quand une voix a interrompu ma course.

— Tu pars ? a demandé Catherine.

Mon cœur battait la chamade. Mes joues s'empourpraient. J'avais la sensation que mon forfait se lisait sur mon visage.

— Oui, c'est ma mère, ai-je menti en essayant de calmer l'angoisse qui montait, elle a besoin de moi ; elle est aussi très affectée même si elle n'a pas pu rester longtemps aux obsèques… D'ailleurs, elle s'excuse, elle est désolée, elle travaillait ce soir…

— Je comprends, a grincé Catherine en réprimant un sanglot et en s'éloignant pour retrouver la présence réconfortante des invités dans le salon.

Une seconde plus tard, j'étais dehors, sur le perron. L'air frais a effacé d'un seul coup l'espèce d'anesthésie provoquée par l'alcool, jusqu'à ce qu'il ne reste plus qu'une impression grisante d'avoir réussi un truc complètement dingue.

Serrant contre moi mon sac à la manière d'une mère tenant un nouveau-né, je me suis dirigée d'un pas rapide vers la mer. La place de Raph était là. Raph était un voyageur, un navigateur, un explorateur. Raph n'était pas un arbre. Et tant pis pour ceux que ça défrisait.

La nuit était claire, les étoiles nombreuses et étincelantes. Au-dessus de moi, la lune offrait son plus beau quartier. Les rues étaient vides, calmes. De temps en temps, le vent amenait la rumeur d'un moteur vrombissant au loin.

J'approchais du chantier. Déjà, je distinguais les ombres des engins, le chant métallique des câbles, les murmures de ceux qui œuvrent la nuit pour que les navires soient livrés dans les délais impartis.

Je suis passée devant la façade vitrée du bar. À l'intérieur, deux clients que je ne connaissais pas étaient attablés devant des bières. Accoudé au comptoir, près de la caisse, Fred regardait un match de football sur l'écran accroché au mur.

Brusquement apeurée à l'idée de devoir réellement abandonner les cendres de mon meilleur ami dans la profondeur des flots, j'ai eu envie de gagner du temps. Et puis, ce café, ne constituait-il pas un détour utile au regard de tout ce que nous avions vécu ? Raph n'aurait-il pas insisté pour boire un dernier coup dans ce bar où il avait passé tant de temps à m'attendre ?

Je suis donc entrée. Dès qu'il m'a vue, Fred m'a prise dans ses bras.

— Oh, Manon, comment tu te sens ?

J'ai haussé les épaules et je me suis mordu l'intérieur de la joue pour ne pas répondre que là, tout de suite, j'avais très envie de mourir.

— Je suis tellement désolé, je sais que… enfin j'imagine que… bref, tu vois, quoi.

Oui, je voyais.

— J'étais heureux d'être présent pour lui dire adieu ce matin. Il a eu une belle fête, et, avec ta chanson, tu lui as rendu un magnifique hommage. Je suis certain qu'il aurait été très fier de toi.

Il m'a proposé un verre, je n'ai pas pu résister, j'en avais besoin. J'ai pris place sur un des tabourets au comptoir, le sac posé sur mes cuisses. Il a déposé deux grands verres, qu'il a remplis de vin blanc moelleux.

— Un petit Sauternes. Ça fait revenir personne mais ça fait du bien quand même.

J'ai hoché la tête et j'ai contemplé le liquide doré qui dansait dans le verre.

— À lui ? a fait Fred en rapprochant son verre du mien.

— À lui.

Les verres ont tinté. J'ai fermé les paupières, j'ai pris une grande inspiration et j'ai trempé mes lèvres dans le vin sirupeux aussi sucré qu'un bonbon à la pêche.

La porte s'est tout à coup ouverte sur Jaya. Dans son sillage, du parfum et un courant d'air.

Il nous a salués, Fred et moi, avant de nous demander si tout allait bien.

— Non, a répondu Fred.

— Oui, ai-je rétorqué en même temps.

Fred m'a lancé un regard ahuri. Jaya, lui, n'a pas insisté et a commandé un café.

— Demain, c'est départ, a-t-il annoncé comme pour engager la conversation.

Fred a avalé une gorgée de vin.

— Et elle va où, la croisière inaugurale du *King of the Seas* ? Acapulco ? Miami ? Port-au-Prince ?

— New York *of course* !

Le *King of the Seas* partait pour New York…

Les bribes d'une ancienne conversation me sont alors revenues avec une acuité surprenante.

— *Je me sens chez moi ici, à New York. Je me sens libre.*

— *Et Saint-Nazaire ?*

— *Saint-Nazaire aussi, c'est chez moi. J'appartiens aux deux, tu comprends ?*

Mon sang n'a fait qu'un tour.

– 31 –

Maintenant.

Danielle sort du paravent. Entre ses doigts coule la perruque qu'elle portait. Son autre main renferme les faux-cils et le coton avec lequel elle s'est démaquillée. À moitié. Le mascara a inscrit des torrents le long de ses joues, le fard à paupières sombre s'est écaillé, les paillettes se sont éparpillées sur son épiderme. Le fond de teint a disparu, par endroits.

Elle avait déchaussé ses escarpins à talons.

Enlevé sa robe.

Revêtu un long tee-shirt blanc, uni, par-dessus les porte-jarretelles.

— Voilà, dit-elle simplement.

Voilà.

Clou est restée derrière le paravent.

— Déçue ?

Je bégaye un non que j'aurais aimé plus persuasif. Je suis troublée.

— Choquée ?

Non, bien sûr que non, pas choquée. Mais touchée par la grâce, secouée par l'émotion, bouleversée par la simplicité de cet être qui se dévoile devant moi.

— Enchanté, je m'appelle Daniel, balbutie-t-il, la voix étranglée.

Celle-ci me paraît tout à coup plus grave. Pourtant, elle n'a pas changé. C'est fou ce que l'apparence peut jouer.

— Vous voyez, quand je vous disais qu'on est toujours l'étrange de quelqu'un…

— Et votre fille ?

— Elle a une mère… et un père.

— Elle est au courant ?

— Non, je n'ai jamais osé lui en parler. Ça fait douze ans, neuf mois, trois jours et sept heures que je manque de cran.

Je repense à mon père, à son départ, à sa nouvelle vie que je n'ai pas voulu chambouler, à mes demi-sœurs américaines aperçues à Central Park, à la balle rouge à laquelle tenait tant leur chien. À tous ces non-dits qui ont empoisonné mon adolescence. À tout ce qui aurait pu être autrement si seulement on avait su trouver les mots.

— Et vous l'avez revue ?

— Non. Pas depuis tout ce temps. On a une mère, on a un père, mais quand les pistes se brouillent, ça fiche tout en l'air.

— Mais elle ?

— Elle ? Elle doit penser que j'ai refait ma vie et qu'elle ne compte plus assez pour en faire partie.

Il regarde le sol. Une larme chute et s'écrase près de ses pieds nus. Un de ses orteils se recroqueville. J'essaie de comprendre :

— Pourquoi ne pas lui avoir simplement expliqué ?

— Je ne voulais pas qu'elle ait honte de moi. Je ne voulais pas lui infliger *ça*.

— Elle aurait pu comprendre…

— Elle aurait pu, c'est vrai, mais j'ai eu la lâcheté de décider pour elle.

— Vous regrettez ?

— Tous les jours que Dieu fait.

— Il n'est peut-être pas trop tard.

— Je crois que si.

— « On n'a pas perdu tant que la cloche n'a pas sonné la fin du combat. » C'est vous qui me l'avez dit tout à l'heure.

Daniel sourit tristement.

Je saisis le paquet de disques de coton, un flacon de démaquillant et je m'approche de lui. Tout près. Là, je me hisse sur la pointe des pieds car il est bien plus grand que moi.

— Vous permettez ?

Il permet. Alors, avec toute la délicatesse dont je suis capable, je tamponne son visage et parfais son démaquillage avant de retirer le filet qui enserre ses cheveux poivre et sel.

Daniel est très beau.

Très belle.

Encore plus sans tous ces artifices.

Je le conduis devant le miroir. Il baisse les yeux, je le contrains gentiment à faire face. À se faire face.

— La nature se trompe parfois, lui dis-je en tremblant. Ce n'est la faute de personne. Vous ne devriez pas vous cacher. Il n'y a rien dont vous devriez avoir honte.

— Vous avez peut-être raison…

— Je parle en connaissance de cause. Mon père à moi aussi est parti un jour…

— Vous auriez pu être ma fille.

— Et vous auriez pu être mon père. Et je vous aurais pardonné si vous m'aviez expliqué…

Le silence s'installe, un silence fourre-tout où chacun de nous cherche des raisons de contester ce que l'autre lui offre. Un silence qui s'épuise, et qui éclate quand Danielle dit, d'une inflexion émue :

— Je crois savoir ce qu'il me reste à faire.

Quelques minutes plus tard, il me propose d'essayer des robes. Danielle me maquille, moi qui n'ai jamais aimé le maquillage. Pour la première fois, je me trouve presque jolie.

Nous défilons, l'une devant l'autre, et nous rions à gorge déployée, parce que je ne parviens pas à marcher avec des talons, parce que les perruques glissent sur mes yeux et que les collants se filent, parce que je manque de seins pour remplir les décolletés qui bâillent et qu'il suggère de me prêter ses soutiens-gorge rembourrés. Nous mimons grossièrement des actrices, nous imitons des chanteuses, nous prenons des poses lascives et ridicules. Cette insouciance, aux allures de parenthèse enchantée dans nos drames intimes, nous met en joie. Durant ces deux heures, nous en oublions presque ce qui, l'une et l'autre, nous a conduites là, sur ce bateau, au milieu de cet océan. Peu à peu, le « tu » remplace le « vous ». Nous sommes deux femmes heureuses de s'être trouvées.

Chacune est là, trimballant ses douleurs en bandoulière.

Chacune fait avec.

Moins d'une heure trente plus tard, Danielle entre en scène, paré de sa plus belle robe.

Un bateau gigantesque, le roi des océans. Des shows puissants, conçus par des metteurs en scène parmi les plus doués de leur génération. Un public déjà conquis, heureux de participer à ce voyage inaugural et d'être partie intégrante de l'histoire du *King of the Seas*.

Devant eux, juchée sur une estrade, Clou ne montre rien de ses tourments et de ses démons. Elle danse, elle chante comme elle l'a toujours fait, bien à l'abri derrière son déguisement qu'elle érige en muraille infranchissable entre elle et le monde. Tour à tour envoûtante, séduisante, provocante, émouvante, elle émeut la salle qui en reste coite d'admiration. Et moi, sur le côté, je suffoque de ce courage que j'admire et de la confiance qu'elle m'a accordée.

Alors que résonnent les dernières notes de *Je suis malade*, je comprends désormais ce qui la rend aussi poignante. Danielle ne triche pas. Ses robes ne cachent pas, elles montrent. Elle chante comme elle vit. Seule sur scène comme à la vie.

Dissimulée derrière le rideau, je ne la quitte pas des yeux. Brusquement, elle se retourne, dos au public, tête rivée vers le bas, épaules voûtées, le micro pendu au bout de son bras ballant, près de tomber. La bande-son continue de se déployer mais Danielle ne chante plus.

Je m'alarme, ça ne fait pas partie du spectacle, elle n'a pas fait ça hier. Autour, les autres artistes s'inquiètent aussi. Je distingue le metteur en scène, à l'autre bout de la scène, assisté de la régisseuse qui esquisse des gestes saccadés à l'intention de Danielle. Mais elle ne les voit pas. Elle a fermé les yeux.

Je retiens mon souffle quand elle rapproche le micro de ses lèvres. Les sanglots déforment sa voix. Le micro amplifie sa respiration.

Les projecteurs s'adoucissent. Comme pour se faire oublier.

Tout à coup, elle fait volte-face en arrachant sa perruque. Cette dernière s'écroule sur le sol. Danielle dévoile un visage ravagé.

« Je suis malaaaaaaadeeee. »

Le public est muet, tétanisé par la surprise et par ce quelque chose qui prend aux tripes.

Puis debout, en liesse, submergé d'émotion.

Tout comme Danielle, qui vient, pour la première fois depuis plus de douze ans, de se mettre à nu.

Elle se tourne vers moi. Attend un signe. Je joins mes applaudissements à ceux, nourris, de la salle.

Elle sèche ses larmes. Je crois distinguer un « merci », soufflé à mon intention, quand elle entrouvre ses lèvres.

Ce soir, Danielle a cru trouver sa fille.

Ce soir, j'ai cru trouver mon père.

Ce soir, deux personnes qui n'auraient jamais dû se rencontrer, embarquées dans une drôle de galère ont tissé un drôle de lien.

Je pense à Raph. À ce qu'il m'aurait dit s'il avait été là, aux mots qu'il aurait su coucher sur mon émoi, aux gestes qu'il aurait su poser sur mon trouble. À tout ce qu'il n'aurait pas dit ou fait, parce que parfois, on n'a besoin ni de parole ni d'action pour expliquer ces choses-là.

Je pense à ce que je lui ai promis. À cet arbre que je ne voulais pas qu'il devienne. À ces racines qui nous emprisonnent autant qu'elles nous élèvent et nous construisent.

Je suis heureuse, donc. Mais je me sens sacrément vide.

Raph, s'il te plaît, envoie-moi un signe.

Rien qu'un signe. Je t'en prie.

Je n'y arriverai pas toute seule.

– 32 –

Avant.

— *Je me sens chez moi ici, à New York. Je me sens libre.*

— *Et Saint-Nazaire ?*

— *Saint-Nazaire aussi, c'est chez moi. J'appartiens aux deux, tu comprends ?*

Cet échange avec Raph m'est revenu d'un coup, tout droit sorti des méandres de ma mémoire, et l'évidence m'a percutée : mon meilleur ami appartenait à ces deux villes séparées par un océan entier. Sa place n'était ni dans les flots de Saint-Nazaire ni dans le port de New York. Sa place était au milieu. Pile au milieu.

Et le moyen d'y parvenir se tenait devant mes yeux. Jaya avait prononcé la formule magique. J'ai serré plus fort le sac contre ma poitrine. Je pouvais presque sentir les battements de mon cœur rebondir dans le faux cuir.

J'arrive à la fin de mes souvenirs. Au fur et à mesure que je les égrène, le brouillard se dissipe et le trou noir dû à l'alcool laisse place à des images fugaces, quoique bien ancrées dans ma mémoire. Il fallait seulement remonter le fil pour y avoir accès, ouvrir les portes du couloir de mes réminiscences pour pénétrer dans la pièce maîtresse de cette drôle d'histoire qui m'a conduite sur ce bateau en partance pour New York.

Je sais, ça paraît fou.

Je sais.

Mais la raison peut bien aller se faire voir quand il s'agit des sentiments.

Souhaitant se reposer avant le grand départ, Jaya a quitté le bar sitôt son café avalé. À leur tour, les deux hommes qui sirotaient leur bière au fond de la salle se sont éclipsés en nous souhaitant une bonne soirée.

— Je t'en remets un autre ? a proposé Fred dès que nous nous sommes retrouvés seuls.

J'ai poussé mon verre du bout des doigts dans sa direction.

— Je crois que je vais en avoir besoin.

— Ah oui ? a fait Fred, étonné, en remplissant mon verre à moitié. Fais gaffe quand même, c'est traître le vin blanc, faudrait pas que tu te perdes en rentrant.

— Aucun risque, je connais le coin comme ma poche.

— Et ce tatouage ? Il est nouveau, non ? Je ne me rappelais pas que tu l'avais…

— Il est récent, ouais… ai-je répliqué en avalant d'un trait le contenu de mon verre ballon.

— Eh ben… t'as une sacrée descente…

Je me suis mise sur mes pieds et j'ai annoncé que je partais. Le bar tanguait…

— Ça m'embête de te laisser rentrer seule. Si tu veux, je ferme et je te raccompagne chez toi…

Je lui ai adressé un signe de tête négatif.

— Ma mère bosse sur le chantier, je vais aller la rejoindre.

Sans lâcher le sac que je tenais toujours serré contre moi, je me suis penchée par-dessus le comptoir pour déposer une bise sur la joue de Fred. Il sentait le tabac froid et l'eau de toilette. Il a posé la main sur mon épaule et il m'a regardée d'un air incertain.

— T'es sûre que tu vas y arriver ?

J'ai acquiescé.

— Certaine. Ce n'est pas la mer à boire d'aller sur le chantier…

— Tu as mon numéro si jamais…

Je suis sortie du bistrot en me tenant au mur. J'avais tellement bu que je tenais à peine debout. Pourtant, j'avais plus que jamais les idées claires. À croire que le chagrin enrayait l'ivresse de l'esprit. Parce que tout était limpide. Mon plan était précis et les chances d'échec, d'après moi, quasi nulles. Sans compter que porter les cendres sur moi me donnait une confiance supplémentaire, comme si elles me conféraient le pouvoir d'affronter mes peurs. Raph a toujours eu cet effet-là sur moi. Par-delà la mort, il continuait à me donner du courage.

Une des entrées du chantier se tenait à moins de cent mètres du café. Je n'ai donc pas eu à marcher longtemps avant de me retrouver devant les grilles formées par des barreaux hauts et larges, censées empêcher les intrusions. Un abri, dont les fenêtres laissaient entrevoir les multiples écrans de contrôle qui maillaient le site, était collé au grillage.

Une équipe de cinq vigiles se relayaient toute la semaine pour garder l'entrée. Quatre d'entre eux étaient des types lourdauds, zélés comme pas possible, qui n'auraient même pas daigné ouvrir à leur chef si celui-ci ne leur fournissait pas le formulaire adéquat. Le dernier serait nettement plus facile à convaincre : il s'agissait de Mathieu, ce camarade blond qui m'avait rendu l'époque de l'école primaire compliquée et m'avait fait le croche-patte qui m'avait valu d'être tombée le nez au milieu des poubelles, en classe de CM2.

Depuis, nos relations s'étaient apaisées. Mathieu avait même fait une apparition rapide à l'hommage rendu à Raph un peu plus tôt.

J'avais donc une chance sur cinq de pouvoir pénétrer à l'intérieur du chantier sans difficulté.

C'était peu, mais je croyais en ma bonne étoile. Elle ne pouvait pas me faire faux bond.

Je me suis approchée de manière à me rendre visible des caméras, et j'ai pressé le bouton de l'interphone. Une voix a crépité :

— *Oui ?*

Mince, ce n'était pas Mathieu…

— Euh, je suis la fille de Josyane. Elle est là ? J'ai besoin de la voir…

— *Ah, Manon, c'est toi ? Avec ces foutues caméras placées en contre-jour du réverbère, on voit rien. Je leur ai pourtant dit de les déplacer à ces imbéciles, c'est comme si t'avais une auréole au milieu du front. Bon, attends deux secondes, je regarde le planning.*

Malgré la piètre qualité du son, j'ai reconnu les récriminations de Bernard, sorte d'expert râleur à la carrure impressionnante et à la ceinture abdominale plus épaisse que la croûte terrestre.

Au bout de plusieurs secondes, l'interphone s'est de nouveau mis à bourdonner.

— *Ouais, elle est arrivée il y a trois heures. Je te l'appelle ?*

Ça s'annonçait compliqué.

— Non, ne l'embête pas, le bateau doit partir demain, ils doivent être débordés là-bas. Je vais plutôt aller la rejoindre.

— *Je voudrais bien, mais tu connais le règlement. Pas d'invités sur les chantiers. Surtout que les Amerloques, ils rigolent pas avec ça.*

— Okay, je vois, ai-je répondu, dépitée.

— *C'est pas moi qui fais le règlement...*

— Je sais, Bernard, ne t'inquiète pas.

— *Au fait, j'ai entendu pour Raphaël. Je voulais te dire que j'étais désolé. C'est moche de se suicider. Je comprends pas les gens qui se foutent en l'air. C'est quand même égoïste, surtout à son âge, t'es pas d'accord ?*

J'ai soupiré, que pouvais-je répondre à si peu de délicatesse ?

— J'y vais. Je vais attendre ma mère à la maison.

— *Tu pourras lui rappeler qu'il faut qu'elle pointe correctement quand elle arrive ? Non, parce que depuis le temps... à croire qu'elle le f...*

J'ai pris la tangente sans attendre la fin de sa phrase et j'ai longé les grilles qui enserraient le chantier. Leur hauteur me désespérait. Même en prenant de l'élan, je ne parviendrai pas à les escalader. Mon plan inratable commençait à prendre l'eau, et moi avec.

Mon petit sac, que je portais en bandoulière et qui cognait contre ma hanche, semblait marteler mon incompétence et mes espoirs brisés. Je déambulais sur le bitume, l'odeur de la mer et les embruns pour toute compagnie quand j'ai trébuché sur un nid de poule. Cette chute a épuisé mes dernières forces. J'ai dégringolé et, désemparée, je suis restée assise au beau milieu de la route, pleurant à chaudes larmes sur la perte de mon ami, sur la vie qui n'aurait plus jamais la moindre saveur et sur cet ultime cadeau que je ne pourrai pas offrir à Raph. En dépit de toute la bonne volonté que j'y mettais, je ne pouvais pas lutter contre ma nature de perdante…

— Manon, c'est toi ? Ça va ?

J'ai levé la tête vers la voix et, éblouie par une lampe-torche braquée sur moi, j'ai distingué à grand-peine la silhouette d'un énorme chien derrière la grille. Manquait plus que ça, un chien qui parlait. Je filais décidément un mauvais coton…

— Ho ho, c'est moi, c'est Mathieu…

J'ai quitté le molosse et mon regard a dévié vers l'ombre de l'homme qui le tenait en laisse. Celui-ci a détourné la lampe pour la diriger sous son menton, ce qui lui donnait l'air d'un monstre effrayant.

— Qu'est-ce que tu fais là, toute seule, accroupie sur la route ?

— Je réfléchissais, ai-je bredouillé en essuyant mes yeux avec les restes d'un kleenex dépiauté retrouvé au fond de ma poche.

— Tu réfléchissais ? assise par terre dans la rue ?

— C'est interdit ?

— Bien sûr que non, mais c'est… pas banal… Plus sérieusement, ça va toi ?

— Moyen…

— Tu sais que tu peux compter sur moi, si jamais… On n'a pas toujours été très proches toi et moi, mais si tu as besoin… Tu ne devrais pas rester là, il y a parfois des drôles de gars qui rôdent près du chantier la nuit.

— Je voudrais voir ma mère…

— Josyane ? Mais bien sûr, entre par là, a-t-il répondu en désignant une porte située à deux mètres.

Il a enfoncé une énorme clé dans la serrure et la porte s'est ouverte.

— Je ne t'accompagne pas, faut que je termine ma ronde, mais tu connais le chemin…

— Par cœur ! Merci Mathieu !

Et c'est ainsi que je suis rentrée sur le chantier, que j'ai trompé la vigilance des autres vigiles en slalomant entre les morceaux de coque et les câbles électriques – comme lorsque, enfants, Raph et moi nous cachions dans les bouts de bateau –, que j'ai soufflé un baiser vers ma mère qui ne m'a pas vue derrière ses lunettes de protection et les étincelles de soudure, et que j'ai finalement pénétré dans le ventre du *King of the Seas*.

Avec mon petit sac contre mon cœur, comme une promesse faite à Raph de ne jamais, jamais renoncer.

– 33 –

Maintenant.

Voilà comment on se retrouve au milieu de l'Atlantique, un matin de juillet, les cheveux lourds de sel, la peau asséchée par les embruns, à regarder la mer et à se demander pourquoi, si près du but, on en est encore si loin.

Pourquoi, si près de parvenir à offrir à Raph un dernier voyage conforme à ce qu'il a toujours été, échoue-t-on lamentablement parce qu'on n'a pas été fichu de retrouver un sac ?

Le sac.

Pourquoi a-t-on fait tout ça, si on n'est pas capable de s'assurer de l'essentiel ?

Sans les cendres, ce voyage étrange n'a aucun sens.

Oh, bien sûr, il y a Jeryll, Jaya et Danielle. Guillaume-Alexandre et le pas-si-affreux Schoko-bon. Il y a ce bien fou qu'ils m'ont fait sans même en avoir conscience. Ces bouées sur la mer de ma peine, ces instants de franche rigolade, de bonheurs simples et de petites victoires.

Bien sûr que ce voyage méritait d'être vécu.

Bien sûr.

Mais toi, Raph, tu n'es pas là, parce que je t'ai abandonné au fond d'un sac en similicuir.

J'imagine que le milieu du voyage approche. J'imagine seulement, vu qu'au fond je n'en sais rien du tout, il me faudrait des instruments de mesure précis auxquels je n'ai pas accès. Comment ai-je seulement pu croire que je pourrais jeter les cendres pile entre Saint-Nazaire et New York ?

Bref, sans sac et sans aucun moyen de savoir où le bateau se trouve exactement, tout cela ne sert à rien. C'est du vent. Et le vent emporte tout.

Une nouvelle journée se lève sur le *King of the Seas* et je rejoins Jaya sur les ordres de Mary O'Brian. Ce matin, je suis de pizza. Autrement dit, affublée d'une charlotte ultra sexy, je dois parsemer cinq mille parts de pizza fraîche de fromage râpé. Un mélange de mozzarella et de cheddar, pour être précise.

— Tu n'es pas en forme, remarque-t-il lorsqu'il me voit.

— Bof… Au moins, on est ensemble…

Il soulève sa manche et me montre le dessin au feutre de deux visages poupins aux yeux cernés de khôl. Maladroit mais mignon.

— Qu'est-ce que c'est ?

— Futur tatouage. Mes filles. C'est toi qui m'as donné cette idée. Comme ça, elles toujours avec moi. Je ferai à New York. Je teste. Tu aimes ?

Je déglutis, ma salive a la texture d'une coulée de lave. Je vais pleurer.

— C'est très joli, réussis-je à articuler tout en sentant que mon visage est en train de se contorsionner pour parer les assauts des sanglots.

— Tu connais programme pour toi pour cet après-midi ?

— Je suis avec l'équipe d'animation du club enfant. Il leur manque une danseuse. Il paraît que je vais me déguiser.

— Tu sais danser ?

— Non, mais au point où j'en suis…

L'après-midi, je danse. Le soir, je danse. J'amuse la galerie dans le costume de la mascotte du bateau. Les gamins tournent et hurlent d'excitation autour de moi. On me prend en photo. On me fait des câlins. Personne ne voit les larmes qui roulent sous le masque et que mes grosses pognes en peluche ne peuvent pas essuyer. Je jure que j'essaie de rire. Je jure que j'essaie de ne pas penser à lui, à ma promesse, à l'échéance.

Je le jure.

Mais la journée s'achève et le sac n'a pas réapparu. Les miracles n'existent pas.

Échec et mat. La partie est terminée, je vais à New York où personne ne m'attend, mon fiasco pour tout bagage.

– 34 –

Marco – Responsable des objets trouvés

Je n'ai même pas fini d'étiqueter les objets qu'on m'a rapportés hier qu'il faut déjà qu'ils m'en ramènent. Y a pas écrit « usine », là, non mais ho.

Ce n'est pas un bateau, c'est une décharge. Les gens ne cesseront jamais de m'étonner : comment font-ils pour perdre autant de choses ? Quand j'étais enfant, je n'étais pas comme aujourd'hui. J'étais plutôt étourdi. À l'école, l'institutrice me répétait souvent qu'il fallait que je fasse plus attention à mes affaires, qu'un jour, je perdrais ma tête. Un jour, j'ai perdu ma tortue. J'ai eu tellement peur que la prophétie de la maîtresse se réalise que je me suis mis à tout classer, histoire de ne plus jamais rien perdre pour ne pas courir le risque d'y laisser mon encéphale.

Ce boulot est fait pour moi.

Heureusement que je suis là pour que tout le monde puisse s'y retrouver.

Bien, voyons si la récolte a été bonne.

Une brosse à dents rouge aux poils si mordus qu'ils rebiquent en arrière. La personne qui la possède est une nerveuse. C'est fou ce qu'on apprend en regardant la brosse à dents des gens. Les pressés, les excités, les douteux, les dociles, les doux, les obsédés de l'hygiène ; donne-moi une brosse à dents et je te dirai qui tu es.

Beurk.

On continue, je plonge la main dans la caisse aux trésors. Il me faudrait une prime de risque, je pourrais tomber sur un truc dangereux. Qu'avons-nous là ?

Un énorme trousseau de clés avec un porte-clés clochette. Comment un truc pareil peut-il s'échapper d'un sac ou d'une poche sans que personne s'en rende compte ? Ça a dû faire un barouf de tous les diables… Encore un mystère…

Un paquet d'os pour chien. Il est inscrit en trois langues que ce sont pour les chiens à transit capricieux. Goût caviar d'aubergine et suprême de volaille. Recette élaborée par un chef étoilé au guide Michelin. Fabrication française, certification aliments biologiques. La vache ! Il faut que je le prenne en photo.

Un téléphone portable. Ah, voilà un peu d'animation. Un code ? Non, pas de code. Je ne devrais pas regarder, je sais, c'est mal, « Les objets tu ne fouilleras pas » dixit les Dix Commandements des responsables des objets trouvés. Allez, juste la galerie, juste trois images, juste pour cerner à qui ça peut appartenir, juste pour rendre service, quoi… Mince, mon portable vibre, c'est le Magic Génie qui m'appelle, si je ne lui réponds pas, il risque de nous faire une syncope, ce n'est pas ma veine. Salut petit téléphone, sois sage, je reviens dans deux secondes et demie.

— Objets trouvés, bonjour !... Oui, en effet, on vient de me rapporter quelque chose qui ressemble à ça. C'est toi qui passes ?... Bon, d'accord, je le mets de côté. C'est quoi son nom, tu dis ?... Tu te moques ? Qui appellerait son chien comme ça ? Remarque, une fois, j'ai bien croisé un vacancier russe qui avait appelé son teckel Tourista parce qu'il avait entendu ce mot en embarquant à Marseille et qu'il l'avait trouvé *nice*. Je te laisse, j'ai du boulot par-dessus la tête.

Ouf, galerie de téléphone inconnu, la prochaine minute est à nous... Bon, finalement, elles ne sont pas terribles, ces photos. Une nana sur le point de plonger. Un type avec un cocktail. Un couple prenant la pose de Titanic sur la proue du bateau... Classique, archi classique, ils le font tous, le coup de Jack et Rose. Allez, une petite dernière pour la route... Un mioche avec la mascotte. Qu'est-ce qu'elle est vilaine, cette mascotte d'ailleurs. Les types qui l'ont dessinée ne devaient pas avoir les yeux en face des trous, ou alors ils carburaient à l'héroïne, c'est pas possible autrement. Et puis, je serai bien curieux de savoir qui était dans le costume. Non, parce que ce n'est pas parce que le truc est hideux qu'on n'est pas obligé d'y mettre du cœur. Regardez-moi ces épaules. Voûtées comme la nef de la cathédrale de Reims. C'est moi Déprim', la mascotte du *King of the Seas*...

Allez, on poursuit notre exploration. Et notre prochain candidat est... un portefeuille. Dans la série manque total d'originalité, tu te poses là mon petit père. En cuir marron, plein de cartes de visite, un compartiment à pression pour les pièces… Non, vraiment, n'insiste pas, tu ne m'intéresses pas. Reviens quand tu seras rose. Ou vert. Là, on pourra discuter.

Une tong. Attends, je regarde au fond de la caisse, ta copine ne devrait pas être loin. Ah bah non, elle n'est pas là. Te voilà reléguée au rang des tongs solitaires, désolée ma belle, je sais, c'est moche.

Une anse noire. C'est quoi ça ? Un sac ? Ça se fabrique pour de vrai des trucs pareils ? Dieu qu'il est moche… Peut-être que le contenu va rattraper le contenant, remarque.

Driiiing…

Ah, ça, c'est pour moi. Allez, au boulot, on va affronter les croisiéristes. Mince, j'ai oublié de reposer le sac. Oui, non, j'ai trois secondes ou pas pour reculer et le poser à côté de sa pote la tong esseulée et le portefeuille plus-triste-tu-meurs ? Bon, tant pis, je vais le garder avec moi le temps de voir ce qu'on me veut.

— Bonjour madame… et bonjour petit monsieur… et bonjour euh… charmant… petit chien, tu en as une jolie laisse avec des strass partout…

***

Guillaume-Alexandre

J'espère qu'on va vite retrouver les nonosses de Shoko-bon, parce que Maman m'a promis de m'emmener manger une glace et de se baigner avec moi juste après. C'est la première fois qu'elle vient à la piscine avec moi. À côté, oui. Mais dedans, jamais. J'ai trop hâte !

Il a une drôle de tête le monsieur. Il est encore plus blond que moi. Je ne me moque pas, je ne me moque pas, je ne moque pas. Allez, vite, monsieur. Tiens, c'est rigolo, il a un sac de dame. On dirait celui de la chasse au trésor. Quand Myrtille l'a décrit, elle a dit « petit » et « noir ». Elle était trop gentille, Myrtille, même si elle a un nom bizarre, vu qu'elle ne ressemble pas à une myrtille.

Schoko-bon aboie. C'est à cause des os que le monsieur est en train de rendre à Maman ? Non, c'est pas ça...

Il faut quand même que j'en parle à Maman. Parce que si ça se trouve, c'est le sac qu'elle cherchait. On ne sait jamais. Et puis, ça avait l'air drôlement important. Peut-être que c'est pas lui, mais si jamais...

***

Jeryll

Guillaume-Alexandre et sa maman viennent de passer. Le petit dit qu'il y a un sac qui pourrait appartenir à Manon au bureau des objets perdus. Comme ils ne savent pas où la trouver, ils m'en parlent à moi. Ils ont bien fait. Manon est fragile, je ne voudrais pas qu'elle se fasse une fausse joie.

Son affaire m'a bouleversée. Je sais que je suis un gars plutôt sensible, on me le dit tout le temps, mais son histoire n'est pas commune. Elle a un sacré courage, la petite. Je me demande à quoi pouvait ressembler ce Raphaël. Ce devait être un type bien, pour qu'elle l'aime autant.

J'espère vraiment que c'est son sac. Elle le mérite.

— Dis, Robert, tu peux me remplacer dix minutes ? Je dois aller voir Marco... Merci, je reviens, à tout de suite.

Quoi ? Mais si, bien sûr qu'il reste du rhum blanc pour le daïquiri. Le jus de lime est posé près de la fontaine à bière. N'oublie pas d'ajouter un zeste de pamplemousse, c'est ça le secret. Tu vas t'en sortir, c'est bon ? Merci Robert, je reviens, je te revaudrai ça.

Je me rends compte que je marche vite. J'ai tellement envie que ce soit son sac et que tout ça se termine bien.

Marco m'accueille avec un sourire en coin.

— Tu as perdu un truc ? Parce que tu vois, là, je suis moyennement d'humeur… Il faut dire qu'avant-hier, un lourdaud m'a balancé une tasse sur les pompes, si tu vois ce que je veux dire…

— C'est bon, je n'aurais pas dû, mais tu avais dépassé les bornes. L'empathie, tu connais ou c'est une notion complètement obscure ?

— J'aime pas les leçons de morale.

— J'aime pas les gens qui ont besoin de leçon de morale.

— Bon, t'es venu chercher quoi ? Qu'on en finisse….

— Il paraît qu'on t'a ramené un sac noir ce matin.

— Tu veux parler de ce truc affreux que même ma tante Rita refuserait de porter, alors qu'elle est morte depuis dix ans ? Tiens, il est là… Eh, doucement, t'es pas obligé de me l'arracher des mains, on n'est pas des sauvages non plus…

Je l'ouvre. Avec mille précautions, comme si je craignais de l'abîmer. À l'intérieur, un porte-monnaie, un portefeuille, un portable, un sac en plastique. C'est bon, je le tiens. Mon cœur bat très fort.

— T'en fais une tête, on dirait que t'as croisé la Vierge.

— T’es pas loin de la vérité, figure-toi que je viens d’assister à un miracle.

— Au fond de ce sac moche ?

J’ai presque envie de prendre cet imbécile dans mes bras. Je me retiens. M’éloigne. Vite. Parce que je suis pressé et que j’ai encore une chose à régler avant qu’il ne soit trop tard.

***

Mary O’Brian

Perrier. Bulles. Citron. Pile de dossiers à signer. Sonnerie du téléphone. Mon secrétaire.

— Madame O’Brian ? Jeryll souhaiterait s’entretenir avec vous.

— Bien, faites-le entrer. Merci.

Je rajuste mon chemisier. Il me plaît, Jeryll. Mais une chef du personnel doit savoir garder ses distances, c’est impératif. Peut-être qu’à la fin de cette traversée…

— Jeryll, je vous en prie, prenez place. Puis-je vous proposer une eau pétillante ? ou plate ?

Tiens, qu’est-ce que c’est que ce sac bizarre ? Un sac de femme ? Je ne vais quand même pas être jalouse d’un sac de femme, voyons, ça ne rime à rien. Il a vu que j’observais le sac. Il le serre plus fort. Y a-t-il quelque chose que je devrais savoir ? une autre femme ?

— Mary… Vous vous souvenez de cette jeune femme que vous m’avez confiée il y a deux jours ?

Je jette un œil vers le trombinoscope. Évidemment.

— Manon ?

— Oui, Manon, c'est elle. Il faut absolument que vous m'aidiez. Et il faut faire vite.

— Qu'est-ce qu'elle a fait ? J'espère que ma commisération ne va pas jouer des tours à la compagnie…

Jeryll est visiblement ébranlé. Je quitte mon bureau pour m'asseoir à côté de lui.

— Bien, je vous écoute…

– 35 –

Maintenant.

Le spectacle est terminé. C'était la dernière. Demain, le talkie-walkie m'enverra sur une nouvelle mission. Demain, d'autres chorégraphies remplaceront celles qui ont émaillé ces trois soirées. Demain, Danielle jouera un autre rôle, elle se grimera en Barbara, Mylène Farmer et Édith Piaf et elle fera ce qu'elle sait faire de mieux : elle se donnera tout entière pour rendre les gens heureux.

Bien sûr, des membres de l'équipe du spectacle ont médit, ils se sont sentis trahis en découvrant que Danielle était un homme. Mais leur animosité n'a pas résisté longtemps à la douceur poignante qui émane de cet être touché par la grâce.

Depuis la fin du spectacle, Danielle et moi discutons. Nous avons refait le monde pendant une bonne partie de la nuit.

À présent, nous sommes là, allongées sur deux lits pliants, alanguies. Tout à coup, elle m'annonce, d'une voix ensommeillée :

— Tu sais, je connais des gens à New York. Ils travaillent dans le monde du spectacle, je les ai appelés hier, ils t'aideront. Si tu en as envie, tu pourras y rester.

Elle s'endort. Je la remercie, elle sourit paisiblement, je ne sais pas si elle a entendu. Quelle heure peut-il bien être ?

Je pense à tout ce qui s'est passé depuis trois jours. Danielle m'a appris que les talons ne faisaient pas la femme et que la beauté était avant tout une histoire de confiance en soi. Et de bienveillance à l'égard de ceux qui nous entourent. Elle a tant douté d'être ce qu'elle est qu'elle sait, mieux que quiconque, ce que signifie être soi-même. Elle a gagné ce droit-là. Et plus personne ne pourra le lui confisquer. D'ailleurs, elle a pris une décision, celle de prendre le premier avion dès qu'elle posera le pied à New York et d'aller voir sa fille. Pour lui laisser le choix d'accepter ou non. Pour lui montrer que son père ne l'a pas abandonnée. Pour lui dire que son père reste son père, et qu'il sera là, pour elle, si elle le veut. Je suis heureuse pour elle, pour elles. Je songe que ce voyage ne sera pas tout à fait vain s'il permet au moins de réconcilier un homme avec lui-même.

Et puis, il y aura eu Guillaume-Alexandre. Lui aussi, je sais qu'il est sur le bon chemin.

Ça me réjouit. Peut-être qu'il était là, finalement, le but de ce voyage.

Peut-être.

Peut-être que mes regrets de ne pas avoir su donner à mon meilleur ami un ultime voyage faibliront au fil des mois. Des années. Des siècles.

Peut-être.

Peut-être que Raph ne m'en veut pas. Peut-être même qu'il est fier de moi.

En attendant, je cherche le sommeil pendant que dehors, le bateau, aveugle et sourd, poursuit sa route, indifférent au fait que j'avais un rendez-vous, pile au milieu. Où sommes-nous ? Est-ce que nous avons déjà dépassé cette limite que je m'étais promis de franchir en dispersant les cendres ?

Est-ce que j'ai vraiment envie de le savoir ?

— *Grrr… Grrr, Manon, tu es là ?*

La voix de Jeryll grésille dans le talkie-walkie. Danielle ouvre une paupière.

— Oui ? Je suis dans les loges, Jeryll.

— *Viens vite sur le pont n° 2. Tu as vingt minutes.*

— Mais… quoi… pourquoi ?

— *Dépêche-toi, on… je t'attends, nouvelle mission.*

— Mais enfin, à cette heure ? Il ne dort jamais ce rafiot ?

— *Fais-moi confiance.*

Je m'apprête à sortir discrètement de la pièce quand Danielle se lève :

— Je t'accompagne.

Nous traversons au pas de course le bateau, sans un mot. Les froufrous de sa robe de chambre s'agitent à chacun de ses mouvements. Enfin, le pont s'ouvre sur un début d'aurore. Un bout de soleil éclaire l'océan, tandis que la lune, au-dessus, s'estompe dans le ciel rose-orange.

Je distingue Jeryll.

Et Jaya.

Et Mary O-Brian.

Et Guillaume-Alexandre, tenant fermement Schokobon dans ses bras. Sa mère se tient juste derrière. Ils bâillent en même temps.

Qu'est-ce que ça signifie ? Pourquoi sont-ils là ?

Jeryll s'approche de moi. Me tend un objet.

— Je crois que ça t'appartient.

Je regarde tour à tour mon sac et l'homme qui me le présente. J'ouvre la bouche. La referme. Les mots sont dérisoires. Et puis la surprise confisque tout. Je tremble, bégaye :

— Et tout est…

— L'intérieur est intact, ne t'en fais pas.

Je serre le sac contre ma poitrine. Je ne discerne plus rien derrière mes larmes. Subitement, la sirène d'une corne de brume cisaille les flots placides de l'Atlantique. Je lève les yeux et découvre le capitaine, qui, du haut de son poste de pilotage, me salue.

— On y est, indique Mary O'Brian. Il faut le faire.

— Pile au milieu… précise Jeryll.

Je passe de l'un à l'autre. Le cœur chaviré par la gratitude. Et par ce que je m'apprête à faire. J'ouvre le sac en similicuir. En extirpe le sac en plastique. Ferme les yeux. Tente de contenir ma respiration.

Détache le nœud. Allonge mon bras. Laisse le vent faire son office.

Et les cendres s'envolent, accompagnées par le chant continu d'une corne de brume.

– 36 –

Je contemple l'horizon qui s'ouvre sur le ciel couleur de matin, et je nous devine dans la forme de ce nuage.

Je repense à cette soirée dans le bar, où je t'ai enlevé car je craignais que l'avocate blonde te kidnappe.

Je sens la piqûre du tatouage sur nos épidermes. Et je revois ta tête, parce que ça te faisait un peu mal.

J'entends ta voix chanter faux et beugler *I got you babe* dans cette salle de concert à New York.

Je retrouve ton visage au petit jour, recouvert de pâte à gâteau crue.

Je discerne ces deux mioches, assis à califourchon sur le mur mitoyen qui sépare leur maison, et qui se demandent où peut bien aller cet avion.

Au revoir mon ami. Au revoir mon amour. Tu es mort comme tu as vécu. Ton dernier voyage est à l'image de ce que tu étais et de ce que tu chérissais, la mer, un bateau, des oiseaux, Saint-Nazaire et New York.

Et toi, qui scintilles par-dessus ce décor.

Écoute, le plus grand paquebot du monde chante en ton honneur.

Je n'aurais pas pu rêver plus belle sépulture pour ton départ.

Allez, tu peux voyager comme bon te semble à présent. Tu es libre, pars tranquille, regarde, je ne suis pas seule : Jaya, Jeryll, Danielle, Guillaume-Alexandre, Schoko-bon, ils ne me quitteront pas.

Ma vie, je vais la réussir. Je te le promets. Et tu seras là, toujours et à jamais.

UN OCÉAN DE MERCIS

C'est une habitude, je sais, mais je ne saurais commencer autrement.

Parce qu'il est le point de départ de cette aventure et de cette nouvelle histoire, je pense à mon mari qui a patiemment élaboré les personnages de ce roman, avec moi, autour de nos dîners ou lors d'une de nos grandes marches que nous apprécions tant. Puis, comme si cela ne suffisait pas, il a accepté de réaliser l'écrin de ce texte, la couverture qui, je l'espère, vous aura donné envie de découvrir l'histoire rocambolesque de Manon. Sans lui, rien n'aurait été possible.

Je pense aussi à ma fille, ma petite chouinette, qui m'a donné l'idée d'un Schoko-bon et m'a rappelé qu'un bateau de croisière digne de ce nom possède forcément un robot capable de fabriquer des cocktails de folie. J'ai vérifié, elle avait raison.

Bref, merci à vous deux, merci d'être là, merci de supporter mes moments d'angoisse et mes instants d'euphorie, merci d'équilibrer ma vie, merci de me permettre de vivre ma passion et merci d'y croire pour moi quand parfois, je me décourage. Votre soutien n'a pas de prix.

Merci Claudie, toi qui es présente depuis le début, avec une égale bienveillance et un enthousiasme contagieux, et qui contiens ma syntaxe et corriges mes étourderies lorsque je m'enflamme. Tu es une correctrice fabuleuse, et une vraie belle personne.

Merci, les copines de plume, Amélie, Carène, Sonia, Stéphanie, Sophie, pour ces échanges qui donnent l'impression d'appartenir à une grande famille.

Merci aux blogueuses formidables qui soutiennent mes petits romans avec un enthousiasme magique et contagieux. Je vous aime !

Merci aussi à ces musiques qui m'ont accompagnée tout au long de l'écriture : *Because of Toledo* de Benjamin Francis Leftwitch, *City of stars* de Gavin James, *Colourway* de Novo Amor, *Moon and Moon* de Bat for Lashes, *Maryland* de Vonda Shepard, *I don't want to talk about it* de Rod Stewart et, évidemment, l'inoubliable *I got you babe* chanté par Sonny & Cher.

Et, *last but not least*, merci à vous qui tenez ce roman entre vos mains.

Elsa Triolet écrivait en 1969 : « Le lecteur peut être considéré comme le personnage principal du roman, à égalité avec l'auteur, sans lui, rien ne se fait. »

Elle a raison, Elsa : sans vous, il n'y aurait rien. Manon, Raph, Jeryll et les autres ne vivent que grâce à vous. J'espère qu'ils auront su tenir leurs promesses.

DU MÊME AUTEUR

L'amour à nu – Comédie romantique

Gaëlle rêve de devenir journaliste. Ses études terminées, elle se rend à Paris pour tenter de décrocher le job idéal. Dès son arrivée, elle rencontre Gabin, un jeune homme dont elle tombe éperdument amoureuse. Mais, bien sûr, rien ne va se passer comme prévu… Ajoutez à cela une arrière-grand-mère un peu fantasque qui lui envoie un cadeau pour le moins inattendu, et c'est toute son existence qui est chamboulée.

Après L'amour à nu, comédie romantique pétillante et originale, vous risquez de ne plus ouvrir votre boîte aux lettres de la même façon…

Il était encore une fois – *Comédie romantique*

Adolescentes, Mélanie et Sandra ne s'entendaient pas. À présent qu'elles sont adultes, elles ne se côtoient plus et ne s'en portent pas plus mal. Mais lorsque Caroline et Maxime décident de réunir leurs anciens camarades de lycée pour célébrer leur mariage, une semaine mouvementée se profile. D'autant plus qu'Adrien, le bel Adrien, est aussi de la partie.

Et encore, si ce n'était que ça… Parce qu'un petit imprévu pourrait bien venir tout perturber.

Après avoir lu *Il était encore une fois*, vous n'irez plus assister à un mariage de la même manière…

(format broché réédité chez City éditions)

Une histoire d'amour sans caribou – *Com. romantique*

Un roman qui va vous rendre heureux.

Le quotidien de Fanny n'est pas simple : veuve depuis trois ans, elle court sans cesse entre ses obligations de maman et son métier d'aide-soignante dans une maison de retraite où elle s'efforce d'apporter un peu de bonheur aux pensionnaires. Au fil du temps, elle a développé avec l'un d'eux une véritable amitié. Aussi, lorsqu'elle apprend qu'il est au crépuscule de son existence et qu'il a besoin d'elle pour retrouver son amour perdu, elle n'hésite pas longtemps avant d'embarquer ses enfants dans un périple qui pourrait bien changer le cours de leur vie.

Un roman doux et drôle à la fois, une histoire délicate, des personnages tendres pour un texte qui fait du bien. À lire emmitouflé dans un plaid, une tasse de chocolat à la main.

QUI SUIS-JE ?

La vie n'est pas toujours très réjouissante, les actualités sont souvent tristes à pleurer. Alors, pour chasser le gris, je me suis mise à écrire des histoires qui, je l'espère, sauront vous faire sourire.

J'y mets du rose (beaucoup), du rêve (un peu), de la bonne humeur (un sacré paquet) et de la légèreté (juste un doigt), que j'arrose avec un brin de folie.

Ces histoires, vous pouvez les lire entre deux M&M's, dans la rame bondée d'un RER, sur le quai d'une gare, dans un café ou chez vous, bien au chaud sous un plaid. Peu importe, au fond, il n'y a pas de mauvaises circonstances pour ouvrir une comédie romantique.

Si cet univers vous plaît, n'hésitez pas à me rejoindre sur Facebook :

https://facebook.com/people/Charlie-Wt/100014700049178

28901207R00157

Printed in Poland
by Amazon Fulfillment
Poland Sp. z o.o., Wrocław